다시 읽는

50가지

유명한 이야기

다시 읽는 50가지 유명한 이야기

1판 1쇄 발행 | 2003. 12. 5
2판 1쇄 발행 | 2013. 1. 30

글쓴이 | 제임스 M. 볼드윈
엮은이 | 편집부
디자인 | 이인선
펴낸이 | 박옥희
펴낸곳 | 도서출판 인디북

등록일자 | 2000. 6. 22
등록번호 | 제10−1993호
주   소 | 서울시 마포구 염리동 27−216번지 2층
전   화 | 02)3273−6895~6
팩   스 | 02)3273−6897
cafe.naver.com/indeworld
ISBN 978−89−5856−136−1 03840

다시 읽는

50가지

유명한 이야기

제임스 M. 볼드윈 지음 | 편집부 엮음

인디북

contents

1

알프레드 대왕과 케이크

King Alfred and Cakes

옛날 잉글랜드에 알프레드^{Alfred}라는 현명하고 훌륭한 왕이 살았다. 그는 나라를 위해 많은 업적을 남겼다. 그래서 오늘날 세상 사람들은 그를 알프레드 대왕이라고 칭송한다.

그 무렵 전쟁이 끊이지 않아 왕의 생활은 그다지 순탄하지 않았다. 하지만 알프레드는 누구보다 탁월하게 나라를 다스리고 군대를 지휘했다.

거칠고 야만적인 덴마크 족들이 바다 건너 잉글랜드를 침략했다. 덴마크 족들은 병력도 많은 데다 용맹하고 강했기 때문에 오랫동안 모든 전투마다 승리를 거듭했다. 이런 상황이 계속된다면 머지않아 온 나라가 그들의 손아귀에 넘어갈 판이었다.

마침내 잉글랜드 군은 큰 싸움에 져서 뿔뿔이 흩어졌다. 각자 제 목숨을 부지하느라 정신이 없었다. 혼자가 된 알프레드 왕도 숲과 늪을 지나 정신없이 달아났다.

날이 저물 무렵, 왕은 나무꾼의 오두막을 발견했다. 그는 너무 지치고 배가 고파 나무꾼의 아내에게 먹을 것과 잠자리를 청했다. 화로에서 케이크를 굽던 여인은 무척이나 허기져 보이는 누더기 차림의 사내가 측은해 보였다. 그렇지만 그가 왕일 거라고는 생각하지 못했다.

"그러죠. 저녁을 준비할 테니 케이크를 봐 주세요. 내가 나가서 우유를 짜 올 동안 케이크가 타지 않도록 잘 보면 돼요."

알프레드 왕은 과자를 지켜보려고 했지만 그보다 훨씬 중요한 일들에 대한 고민에 빠져들고 말았다.

'어떻게 다시 군대를 모을까? 덴마크에 살던 흉포한 북게르만 족들을 이 땅에서 몰아낼 방법은 무엇일까?'

허기도 케이크도 잊어버린 그는 심지어 자신이 나무꾼의 오두막에 있다는 사실마저 잊어버렸다. 미래의 계획을 세우느라 마음이 분주했던 것이다.

잠시 후 여인이 돌아왔다. 그때 화로 위의 케이크에서는 연기가 나고 있었다. 케이크가 불에 타 바스러지고 있었던 것이다. 여자는 화가 나 소리를 질렀다.

"이 게으른 녀석! 도대체 무슨 짓을 하고 있었던 기야? 일하기는 싫어하면서 얻어먹으려고만 드는 놈이군!"

그녀가 왕을 때렸다는 말도 있지만 그녀의 성품이 그토록 고약하지는 않았으리라. 왕도 틀림없이 그 질책을 그냥 웃어넘겼을 것이다. 그리고 배가 너무 고팠으므로, 욕설은 제쳐두고 케이크를 못 먹은 게 애석했을 것이다.

그날 밤 왕이 요기라도 했는지 아니면 그냥 잠을 잤는지는 잘 모르겠다. 그렇지만 왕은 그 뒤 며칠이 지나지 않아 다시 부하들을 모았고 마침내 큰 전투에서 데인 족들을 물리쳤다.

| 알프레드 대왕 |

알프레드 대왕은 서색슨 족의 왕(849~899)으로 9세기 초 7왕국 중에서 웨섹스가 융성했을 때 데인 족들의 침입을 물리치고 런던을 점령하여 잉글랜드의 왕이 되었다. 그는 기사군을 편성하기도 했으며 해군을 창설하여 '영국 해군의 아버지'라고 불리기도 했다. 또한 고대 법전을 집대성하였으며, 또 크리스트교의 신앙 전파에도 힘쓴 명군주로 손꼽힌다. 그의 통치 기간 동안 잉글랜드는 분열과 무지에서 통일되어 문명국으로 발돋움한 것이다.

이러한 성공은 이웃나라들을 다루는 그의 외교 능력에서도 볼 수 있다. 특히 머시어에서는 그 지방의 자존심에 상처를 입히는 것이 위험했다. 알프레드는 그곳 일을 기존의 국왕 자문회의(council)의 손에 남겨 두었는데 이 자문회의는 그의 사위가 된 애설레드라는 머시어 귀족이 주도하였다. 알프레드는 866년 런던을 점령했을 때 그곳을 머시어가 통제하도록 하였다. 이 같은 대접에 애설레드는 국왕에게 충성을 다했으며 알프레드가 죽은 후 그와 그의 아내 애설플레드는 데인 족들에게 맞서 머시어의 공격을 주도했다. 군사적 · 외교적 성공과 그리고 거기에 행운이 결합되었기 때문에 알프레드는 이 시기에 가장 위대한 통치자가 된 것이다.

다음은 알프레드 대왕을 가장 잘 표현한 말이다.

"알프레드는 첫 번째 천년의 전환기에 있어서 영국인에게는 윈스턴 처칠이었으며, 바이킹 족에게는 조지 워싱턴 같은 존재였다. 알프레드가 소규모 병력만을 이끌고 서머셋의 늪지대로 피신했던 것은 조지 워싱턴이 포지 계곡에서 겨울을 지냈던 것과 비슷하다."

『중세기행: 서기 천년의 일상과 삶』,
로버트 레이시, 대니 단지거 지음

2

알프레드 대왕과 거지

King Alfred and the Beggar

알프레드 왕은 데인 족에게 나라를 빼앗기고 쫓겨나 어떤 강의 작은 섬에 오랫동안 숨어 지낸 적이 있었다.

하루는 왕과 왕비, 시종 한 사람만 빼고 모두 고기잡이를 나갔다. 그곳은 아주 외진 곳이어서 배를 타지 않고는 올 수 없는 곳이었다. 정오 무렵, 누더기 차림의 한 거지가 왕을 찾아와 먹을 것을 구걸했다. 왕이 시종을 불러 물었다.

"이 집에 먹을 게 얼마나 있느냐?"

"빵 한 덩이와 포도주 조금뿐입니다, 폐하."

그러자 왕은 신에게 감사드리며 말했다.

"빵 반 덩이와 포도주 절반을 이 불쌍한 사람에게 나누어

주거라."

거지는 왕에게 감사하고 가던 길을 계속 갔다.

오후가 되자 고기잡이에 나갔던 사람들이 돌아왔다. 그들은 세 척의 배에 고기를 가득 실어 왔다.

"오늘은 이 섬에 온 이래 고기를 가장 많이 잡았습니다."

왕은 기뻐했고 부하들은 어느 때보다 큰 희망으로 가득 찼다. 이윽고 밤이 되었다. 왕은 늦도록 잠을 이루지 못하고 그날 있었던 일들을 곰곰이 생각하고 있었다. 마침내 그는 태양처럼 거대한 빛을 본 듯한 느낌을 받았다. 그리고 그 빛의 한가운데에는 책을 펴든 검은 머리의 노인이 서 있었다.

모두 꿈이었지만 왕에게는 정말 생시처럼 느껴졌다. 그 광경을 본 그는, 놀라기는 했지만 무서워하지는 않았다.

"당신은 누구십니까?"

"알프레드, 나의 아들아. 두려워 말거라. 오늘 네 음식의 절반을 나에게 주지 않았더냐? 믿음과 기쁨으로 내 말을 들어라. 아침 일찍 일어나 데인 족들이 듣도록 나팔을 크게 세 번 불어라. 아홉 시가 되면 오백의 용사들이 전투 준비를 갖추고 네 곁에 모여들리라. 용감하게 출전하라. 이레면 적을 물리치고 다시 평화로이 나라를 다스릴 수 있게 되리라."

그러고는 빛이 사라졌고 노인도 더 이상 보이지 않았다. 왕은 아침 일찍 일어나 육지로 건너갔다. 그리고 아주 크게 나팔을 세 번 불었다. 그 소리에 아군들은 기뻐했지만 데인 족들은 겁에 질려 두려워했다.

아홉 시가 되자, 가장 용맹한 오백의 병사가 싸울 채비를 갖추고 주위에 모여들었다. 그는 꿈속에서 보고 들었던 것을 병사들에게 말해 주었다. 그가 말을 마치자 병사들은 모두 큰 소리로 환성을 지르며 왕을 따라 힘을 다해 싸우겠다고 말했다.

그리하여 그들은 용감하게 전쟁터로 나가 데인 족들을 물리쳤다. 이후 알프레드 대왕은 백성들을 어질고 지혜롭게 다스리며 여생을 보냈다.

3

해변의 카뉴트 대왕
King Canute on the Seashore

알프레드 대왕의 시대가 끝나고 백여 년이 지난 후 카뉴트 Canute라는 왕이 잉글랜드를 통치했다. 그는 본래 데인족이었다. 하지만 당시의 덴마크 인들은 알프레드 왕과 전쟁하던 시대처럼 포악하거나 잔인하지 않았다.

카뉴트 왕을 둘러싼 많은 신하들은 늘 왕에게 듣기 좋은 말만 했다.

"왕께서는 역사상 가장 위대한 분이십니다."

한 신하가 이렇게 얘기하면 다른 신하가 맞장구를 쳤다.

"오, 왕이시여! 당신처럼 위대한 왕은 존재할 수 없나이다."

그러면 또 다른 신하는 이렇게 아첨했다.

"위대하신 가뉴트시여, 이 세상에서 누가 감히 대왕의 명을 거스를 수 있겠나이까!"

하지만 왕은 분별 있는 사람이었기 때문에 차츰 그런 어리석은 말을 듣는 것을 싫어하게 되었다.

하루는 왕이 해변에 나간 적이 있었다. 함께 간 신하들은 늘 하던 대로 왕을 칭찬했다. 왕은 지금이야말로 신하들에게 한 가지 교훈을 줘야겠다고 생각했다. 그는 옥좌를 바닷가 언저리에 놓으라고 명령하고는 이렇게 말했다.

"짐이 세상에서 가장 위대한 사람인가?"

"오, 왕이시여! 당신만큼 위대한 이는 아무도 없나이다."

"그렇다면 만물이 나에게 복종할까?"

"오, 왕이시여! 아무것도 왕을 거스르지 못할 것입니다. 온 세상이 당신 앞에 고개를 숙여 경의를 표하나이다."

"그렇다면, 이 바다가 내 말을 들을까?"

왕은 이렇게 말하고 발 밑의 모래 위로 밀려오는 잔물결을 내려다보았다. 어리석은 신하들은 어리둥절하여 감히 아니라고 말하지 못했다.

"명령해 보소서. 복종할 것입니다."

누군가가 말했다.

"바다여!"

카뉴트가 소리쳤다.

"그대에게 명하노니 더 이상 다가오지 말라! 그만 밀려오라, 파도여. 내 발을 적시지 말라."

조수는 여느 때와 마찬가지로 밀려왔다. 수위는 점점 더 높아질 뿐이었다. 그리고 마침내 옥좌까지 밀려와 발은 물론이고 용포까지 적셨다. 주변에 둘러선 신하들은 깜짝 놀라 왕이 미친 게 아닌가 걱정했다.

그러자 카뉴트 왕은 왕관을 벗어 모래 위에 내던져 버렸다.

"다시는 왕관을 쓰지 않겠다! 신하들이여, 그대들은 지금 본 것에서 교훈을 배우라. 전능한 왕은 오직 한 분뿐이시다. 오로지 그분만이 바다를 지배하고 빈손으로 대양을 가로막느니라. 그대들이 섬기고 칭송해야 할 분은, 오로지 그분뿐이니라."

| 카뉴트 대왕 |

카뉴트 대왕은 잉글랜드 왕으로 애설레드의 미망인과 결혼하였으며 왕위를 지키기 위하여 무자비하게 행동하였다. 애설레드의 장자를 포함하여 몇몇 지도자들이 살해당했다. 왕위가 안정되고 나자 카뉴트는 문명화된 왕권의 전통적인 특징들을 열성적으로 채택하여 법률을 반포하고 수도원을 세웠다. '야만인에서 가장 기독교인다운 왕'으로 변신한 것이다. 1019년에 형이 죽자 거대한 북유럽 제국을 상속받았다. 잉글랜드는 그 제국의 일부분에 지나지 않을 정도로 큰 제국이었다. 1028년에는 노르웨이 왕으로 추대되어 잉글랜드, 덴마크, 노르웨이 등 3국의 왕을 겸하면서 '북해제국(앵글로 스칸디나비아 대제국)'을 구축하게 된다.

4

정복왕 월리엄의 왕자들
The Sons of William the Conqueror

옛날 잉글랜드에는 정복왕 월리엄^{William}이라는 위대한 왕이 살았다. 그에게는 세 명의 아들이 있었다.

하루는 월리엄 왕이 뭔가 슬픈 생각에 잠겨 있었다. 그러자 곁에 있던 현인들이 무슨 일이냐고 물었다.

"내가 죽고 난 뒤에 내 아이들이 걱정이네. 지혜롭고 강하지 않으면 내가 그 아이들을 위해 이룩해 놓은 이 왕국을 지키지 못할 것이 분명하기 때문일세. 셋 중에 누구에게 왕위를 물려주어야 할지 정말 모르겠단 말일세."

"오, 왕이시여! 저희가 왕자님들께서 가장 숭배하는 것이 무엇인지 알 수 있다면, 왕자님들이 어떤 사람이 되실지 말

쏨드릴 수 있습니다. 왕자님들께 몇 가지씩만 물어보면, 누가 왕위를 잇는 게 가장 적당한지 알 수 있을 것입니다."

"최소한 시험해 볼 만한 가치는 있겠군. 왕자들을 데려와 무엇이든 물어보도록 하게."

현자들은 잠시 서로 의논했다. 그러고는 왕자들을 한 번에 한 사람씩 불러 똑같은 질문을 하기로 의견을 모았다.

처음 불려온 사람은 로버트였다. 그는 키가 크고 괴팍한 젊은이로 짧은 스타킹이라는 별명을 갖고 있었다.

"왕자시여, 저의 질문에 대답해 주십시오. 하느님의 뜻에 따라 왕자께서 새가 되어야 한다면 어떤 새가 되고 싶습니까?"

"매요."

로버트가 대답했다.

"매가 되겠소. 다른 새들에 비해 매는 대담하고 용맹해서 기사를 연상시키기 때문이오."

다음은 동생 윌리엄이 들어왔다. 그는 부왕의 이름을 딴 귀염둥이였다. 그는 유쾌한 인상에 둥근 얼굴을 가졌으며 머리가 빨갛기 때문에 루퍼스, 즉 빨강머리라는 별명을 얻었다.

"왕자님께서 하느님의 뜻에 따라 새가 되어야 한다면 어떤 새가 되고 싶습니까?"

"독수리요. 독수리가 되겠소. 힘세고 용감하기 때문이오.

독수리는 다른 새들에게 두려움의 대상이오. 새들의 왕인 것이오."

마지막으로 냉정하고 사려 깊은 인상을 가진 막내 헨리가 조용히 걸어 들어왔다. 그는 읽기와 쓰기를 잘했기 때문에 보클레르, 즉 잘생긴 학자라는 별명을 가지고 있었다.

"왕자님, 하느님을 기쁘게 해 드리기 위해 왕자님께서 새가 되어야 한다면 어떤 새가 되고 싶으십니까?"

"찌르레기요."

헨리는 대답했다.

"찌르레기가 되겠소. 찌르레기는 얌전하고 착하며 보는 사람에게 기쁨을 주기 때문이오. 그리고 찌르레기는 다른 새들을 강탈하거나 핍박하지 않아요."

현인들은 잠시 동안 의논했다. 의견이 모아지자 그것을 왕에게 아뢰었다.

"결론을 내렸습니다. 첫째 왕자는 무모하고 대담할 것입니다. 왕자께서는 다소 큰 공훈을 세워 스스로 유명해질 것입니다. 하지만 결국에는 적에게 붙들려 옥에서 죽을 것입니다."

"둘째 왕자님도 독수리와 같이 용맹스럽고 강할 것입니다. 그러나 잔인한 행동으로 두려움과 미움을 사게 될 것입니다. 그는 사악한 생활을 하다가 수치스러운 죽음을 맞을 것입니다."

"막내 왕자 헨리는 지혜롭고 신중하며 평화를 사랑할 것입니다. 그는 적의 공격으로 불가피할 경우에만 전쟁을 할 것입니다. 나라 안으로는 사랑을 받고 나라 밖으로는 존경을 받을 것입니다. 그는 많은 영지를 얻고 평화로이 죽을 것입니다."

세월이 흘러 세 왕자도 어른이 되었다. 윌리엄 왕은 죽음이 임박하여 자신이 죽은 뒤에 왕자들이 어떻게 될지 다시 생각을 했다. 그러다가 현자들의 이야기가 떠올랐다. 그래서 로버트에게는 프랑스의 영지를 물려주었고 윌리엄에게는 잉글랜드의 왕위를 물려주었다. 그렇지만 헨리에게는 땅은 하나도 주지 않았고 다만 황금 한 상자를 물려주었다.

현자들의 말은 현실로 나타났다. 짧은 스타킹 로버트는 그토록 숭배하던 매처럼 무모하고 대담했다. 그는 부왕이 물려준 땅을 모두 잃고 결국은 포로가 되어 죽을 때까지 옥살이를 했다.

빨강머리 윌리엄은 너무나 오만하고 잔인했기 때문에 백성들의 두려움과 미움을 샀다. 그는 사악한 생활을 하다가 숲속에서 사냥을 하던 도중 어떤 부하에게 살해당했다.

잘생긴 학자 헨리는 물려받은 금을 지켜 냈을 뿐만 아니라 훗날 잉글랜드의 왕이 되어 프랑스에 있는 영지까지 모두 되찾았다.

| 윌리엄 1세 |

영국 노르만 왕조의 제1대 왕(1066~1087)으로 '정복왕'이라고 불린다. 노르 망디 공 로베르의 서자로 아버지 뒤를 이어 어린 나이에 노르망디 공이 되었으며 반항하는 귀족들을 억압하여 질서를 회복하였다. 그는 잉글랜드의 반란을 진압하고 몰수한 땅을 휘하 기사에게 나누어 주는 등, 노르만식 봉건제도를 확립하였다. 1086년에는 토지 소유자를 모아 자신에 대한 충성을 맹세하게 하고 징세 목적의 토지대장인 둠즈데이 북을 작성하게 했다. 중세 잉글랜드의 특색인 집권적 봉건국가의 기초를 다졌다.

다음은 윌리엄의 세 아들에 관련된 이야기이다.

윌리엄은 잉글랜드를 상당히 안정적으로 지배했다. 윌리엄과 이웃하고 있던 귀족들에게 윌리엄의 세력을 약화시킬 기회가 왔는데 그것이 바로 윌리엄의 큰아들 로버트의 탄생이었다. 로버트는 1066년부터 노르망디의 상속자로 인정되었으나 결코 부나 권력이 허용되지 않았다. 그는 1078년에 아버지에 대한 음모에 가담하였다. 그는 자신이 일으킨 반란 때문에 노르망디를 상속하고 방대한 영토인 잉글랜드를 동생 윌리엄에게 양보해야 했다. 그리고 그는 실정을 하여 메인과 벡생 등 영토를 잃었다. 그 후 귀향해 전쟁을 일으켰다가 막내 동생인 헨리에게 사로잡혀 동생의 포로로서 28년의 남은 인생을 보냈다.

둘째 아들 윌리엄 루퍼스가 잉글랜드를 통치하면서도 노르망디 공이 되지 못했던 것은 위험을 불러왔다. 통치가 불안정해지고 반란이 일어나자 그는 곧 로버트의 실정으로 잃은 아버지의 왕국을 되찾고 그 이상의 성공을 거두었다. 그러나 그의 명성은 높지 않았다. 윌리엄 2세는 자긍심이 너무 강해 거만했고 사치와 향락을 일삼았으며, 그때로서는 충격적인 장발을 해 성직자들의 비난을 샀다. 게다가 그는 결혼을 하지 않았다. 많은 정부(情婦)를 갖고 있었으나 오히려 그 때문에 후사 없이 죽었다. 그의 생은 뉴 포리스트(New Forest)의 사냥터에서 급작스럽게 끝나고 말았다.

셋째 아들 헨리는 루퍼스가 죽자 재빠르게 움직였다. 그는 특혜를 주고 많은 양보를 함으로써 지지 세력을 확보하였다. 그는 강압적이었던 형의 지배를 비난하고 좋은 정부를 약속하였다. 그는 그대로 실행하였고 훌륭한 왕이 되었지만 그에게도 커다란 시련은 있었다. 1120년, 하얀 배(White Ship)가 파선되는 바람에 유일한 적자인 윌리엄이 죽은 것이다. 헨리가 쌓아온 공든 탑이 한꺼번에 무너지는 것 같았다. 헨리는 아들이 죽자 석 달이 채 안 되어서 새로 결혼하였다. 그러나 바라던 후사는 태어나지 않았다. 헨리에게는 20명 이상의 서출이 있었으나 적자인 그의 딸 마틸더만 빼고 모두 그보다 먼저 세상을 떠났다. 그는 마틸더를 불러들였으나 왕위를 계승하게 하는 데는 실패했다. 그 때문에 헨리 1세는 아주 유능한 최고의 정치가였음에도 불구하고 헌팅턴의 헨리는 그를 영원한 근심 속에 있는 인물로 묘사하였다.

"그는 계속해서 승리를 얻고도 그것들을 잃을까 봐 항상 걱정해야 했다. 그는 운이 가장 좋은 왕처럼 보이지만 실제로는 가장 비참하였다."

5

하얀 배
The White Ship

교양 있고 잘생긴 헨리 왕에게는 윌리엄이라는 아들이 하나 있었는데 왕은 그를 매우 사랑했다. 젊은 왕자는 기품 있고 용감했기 때문에 모든 백성들이 언젠가는 그가 잉글랜드의 왕이 될 수 있기를 바랐다.

그러던 어느 여름, 윌리엄 왕자는 부왕과 함께 바다 건너 프랑스 영지를 둘러보게 되었다. 그곳의 많은 백성들이 그들을 열렬히 반겨 주었다. 더구나 젊은 왕자는 매우 씩씩하고 자상했기 때문에 보는 사람마다 그를 좋아했다.

마침내 잉글랜드로 돌아갈 시간이 되었다. 왕은 현명한 신하들, 용감한 기사들과 함께 일찍 배를 탔다. 하지만 윌리엄 왕자는 젊은 수행원들과 함께 시간을 지체했다. 프랑스에서 너무 즐거운 시간을 보냈기 때문에 서둘러 떠나고 싶지 않았던 것이다.

그들은 한참 후에야 자신들을 잉글랜드로 데려갈 배 위에 올랐다. 이 배는 하얀 돛이 달린 아름다운 배로 이번 항해를 위해 특별히 제작된 것이었다.

바다는 잔잔했고 바람도 좋았기 때문에 아무도 위험에 대해서 생각하지 않았다. 배 위에는 하나같이 즐거운 항해를 위해 준비된 것뿐이었다. 음악과 춤이 있었고 모든 사람들이 기쁨과 즐거움에 도취되어 있었다.

하얀 돛의 범선이 만을 완전히 벗어나기도 전에 이미 날이 저물어 버렸다. 하지만 그게 어떻다는 건가? 달은 충분히 뱃길을 밝힐 만큼 완전히 제 모양을 갖추었고, 새벽이 채 밝아 오기 전에 좁은 도버 해협을 건널 텐데. 왕자와 젊은 수행원들은 여흥과 만찬, 즐거움에 스스로를 내맡겼다.

초저녁이 지났을 무렵이었다. 갑판에서 외마디 비명이 들려왔다. 순간, 한 차례의 큰 충돌이 있었다. 배가 암초에 걸린 것이다. 물이 쏟아져 들어왔다. 배가 침몰하고 있었다. 아! 방금 전까지 그렇게 유쾌하고 즐겁던 이들은 모두 어디 갔을까?

모두들 혼비백산하여 우왕좌왕 정신이 없었다. 어느새 구명보트 한 척이 떴다. 왕자와 가장 용감한 수행원들 몇몇이 그 위에 올랐다. 그리고 파도가 배를 삼키기 시작할 무렵, 그들은 가까스로 보트를 타고 탈출할 수 있었다. 과연 그들이 무사했을까?

배에서 채 10미터도 못 빠져나왔을 때, 뒤에 남은 사람들 가운데서 울부짖는 소리가 들려왔다.

"배를 돌려라!"

왕자가 소리쳤다.

"내 여동생이다. 반드시 구해 내야 한다!"

아무도 왕자의 명을 감히 거역하지 못했다. 보트는 가라앉고 있는 배 곁으로 다시 돌아갔다. 왕자가 자리에서 일어나 누이를 향해 두 팔을 내밀었다. 그 순간 보트가 파도 속으로 크게 기울었다. 한 차례 찢어지는 듯한 비명이 들리더니 모든 것이 포효하는 파도 소리에 묻혀 버렸다. 배와 구명보트, 왕자와 공주, 프랑스를 출발했던 유쾌한 사람들의 무리가 고스란히 바다 밑으로 가라앉고 말았다.

다음날, 떠다니던 널빤지에 매달려 있던 한 남자가 구조되었다. 그는 유일한 생존자였고 그를 통해 이 슬픈 이야기가 전해졌다.

헨리 왕은 아들의 죽음을 듣고 슬픔을 주체하지 못했다. 억장이 무너져 내렸다. 더 이상 삶의 낙이 없었다. 그 후로 사람들은 단 한 번도 그가 웃는 모습을 보지 못했다고 한다.

왕은 웃음을 잃었네

왕자를 태운 배는 가라앉고
산더미 같은 파도가 넘실대는구나.
아들을 잃고 슬퍼하는 잉글랜드 왕에게
왕관의 영예가 무슨 소용인가?
천수를 누리며 만수무강했구나.
슬픔이 그 사슬을 끊기 전에는
비탄하는 이에게는 왜 죽음이 찾아오지 않는 것일까?
왕은 웃음을 잃었네.

위엄 있는 이와 용맹스러운 이들
왕관 앞에는 영광의 모습들이 서 있구나.
허나, 과연 그곳을 채워 줄 이가 누구랴?
파도 아래의 그곳을.
눈앞의 젊고 아름다운 이들은
무분별한 쾌락의 행렬 속에서 그를 지나치지만,
왕자의 아름다운 머리카락 위로는 파도가 밀려오고
왕은 웃음을 잃었네.

산해진미가 넘치는 연회석에 앉아도

시인의 노래를 들어도

원형 경기장의 한복판에 선

월계관을 쓴 경연의 승자를 구경해도

끊임없이 들려오는 깊은 속삭임이

선율마다 아로새겨 있네,

잠들기를 거부하는 바람의 목소리가.

왕은 웃음을 잃었네.

그 시절의 우인들은

한때 넘치도록 쏟아 냈던 맹세의 흔적을 마감하고

수많은 즐거움의 장에서는

이방인들이 형제의 자리를 차지했네.

진실한 사랑의 눈물로 가득 적시었던 무덤들은

하늘의 투명한 비가 되었네.

후세를 위하여 신선한 희망이 싹텄지만

왕은 미소를 잃었네.

히먼스

6

존 왕과 대수도원장
King John and the Abbott

I. 세 가지 문제

옛날 잉글랜드에는 존 John이라는 포악한 왕이 살았다. 그는 백성들을 모질고 가혹하게 다스렸고 남이야 어떻게 되건 아랑곳하지 않았다. 그는 잉글랜드 왕 중에 가장 나쁜 왕이었다.

한편 캔터베리 읍내에는 부유한 늙은 대주교 한 사람이 대저택에서 호화롭게 살고 있었다. 그는 매일 백여 명의 귀족을 초대하여 함께 식사했다. 그리고 식사 중에는 비단 외투를 입은 오십 명의 기사들이 그를 호위했다.

대주교의 소문을 들은 존은 그 생활을 끝장내 주겠다고 마음먹었다. 왕은 대주교에게 사람을 보내 자신을 알현하게 했다.

　"듣자하니 훌륭한 주교께서⋯⋯ 나보다 훨씬 더 좋은 집에서 산다더군. 감히 어찌 그럴 수 있는가? 이 나라에서는 그 누구도 왕보다 잘살아서는 안 된다는 것을 모르는가? 그대에게 이르노니 누구도 그럴 수 없도다."

　"오, 왕이시여! 감히 말씀드리건대 저는 제 재산 외에는 한 푼도 쓰지 않았습니다. 제가 벗들과 휘하의 기사들을 즐겁게 했던 일로 저를 나쁘게 생각하시지 않기를 빕니다."

"그대를 나쁘게 생각한다? 어찌 그대를 나쁘게 생각하지 않을 수 있겠는가? 이 땅에 있는 것은 모두 나의 것이다. 그런데도 그대는 어찌 나보다 호화로운 생활을 하여 감히 나를 수치스럽게 하는가? 백성들은 그대가 왕위를 빼앗으려 한다고 의심하리라."

"오, 천만의 말씀입니다. 저는……."

"닥쳐라! 그대의 잘못은 명백하다. 그러니 세 가지 질문에 대답하지 못하면 그대를 참수하고 모든 재산을 몰수하겠다."

"오, 왕이시여. 대답하겠나이다."

"좋다. 첫 번째로 나는 금관을 쓰고 여기 앉아 있을 테니 하루 안으로 내가 얼마나 오래 살지 맞춰 보거라. 두 번째로 내가 말을 타고 얼마나 빨리, 세계를 한 바퀴 돌 수 있겠느냐? 끝으로 내가 무슨 생각을 하고 있는지 맞춰 보거라."

"왕이시여! 심오하고 어려운 문제라 당장 대답하기는 어렵습니다. 2주일만 생각할 시간을 주시면 최선을 다해 대답을 해 드리겠습니다."

"좋다. 2주일을 주겠다. 그러나 그때 가서도 대답을 못하면 그대는 목을 잃을 것이고 그대의 땅은 내가 갖겠다."

자리를 물러나온 대주교는 매우 슬프고 두려웠다. 그는 우선 옥스퍼드로 말머리를 돌렸다. 그곳에는 대학교가 있으므로 현명한 교수들이 도와줄 거라고 생각했기 때문이었다. 하지만 그들은 고개를 저었다. 존 왕의 질문에 관한 것은 어느 책에도 나와 있지 않다는 것이었다.

대주교는 다른 대학이 있는 케임브리지로 향했다. 그러나 그 큰 학교의 선생들 중에도 그를 도와줄 수 있는 이는 아무도 없었다.

결국 그는 슬픔과 비탄에 잠겨 친구와 용감한 기사들에게 작별인사를 하려고 집을 향해 말을 몰았다. 이제 그가 살 수 있는 날은 일주일밖에 남지 않았기 때문이었다.

II. 세 가지 대답

대주교는 저택으로 이어진 오솔길을 따라 가다가 들판으로 나가던 양치기를 만났다.

"잘 다녀오셨습니까, 주인님!"

양치기가 소리쳤다.

"존 왕께 무슨 좋은 소식이라도 들으셨습니까?"

"나쁜 소식이야. 나쁜 소식."

그런 다음, 대주교는 그동안 있었던 일을 모조리 이야기해 주었다.

"힘내세요, 주인님. 바보라도 현자에게 지혜를 가르쳐 줄 수 있다는 말을 들어 보셨습니까? 제가 주인님의 걱정을 덜어 드릴 수 있을 것 같습니다."

"네가 날 돕겠다고? 어떻게, 대체 어떻게 돕겠다는 것이냐?"

"주인님도 아시다시피 사람들은 제가 주인님을 닮았다고 말합니다. 가끔 절 주인님으로 잘못 보기도 하고요. 주인님의 하인과 말, 외투를 빌려 주세요. 제가 런던으로 가서 왕을 알현하겠습니다. 다른 건 몰라도 최소한 주인님 대신 죽을 수는 있겠죠."

"나의 선량한 양치기여! 그대는 정말로 인정이 많구나. 그대의 계획대로 하라. 하지만 최악의 상황이 되면 그대를 대신 죽게 하지는 않겠다. 내가 죽을 것이다."

양치기는 곧 출발 준비를 했다. 특별히 신경을 써서 복장을 갖추어 입었다. 양치기 옷 위에 대주교의 긴 가운을 걸치고 모자와 금지팡이도 빌렸다. 준비가 끝나자 그는 이 세상에 누구도 믿지 않을 수 없을 만큼 완벽하게 대주교가 되어 있었다. 그러고는 많은 하인들을 거느리고 대주교의 말에 올라 런던으로 출발했다.

물론 왕도 그의 정체를 알아보지 못했다.

"어서 오라, 대주교! 잘 돌아왔다. 빨리 돌아오기는 했지만 세 가지 질문에 답하지 못하면 그대는 목이 달아날 것이다."

"왕이시여, 준비가 되었습니다."

"진정인가!"

왕이 되물으며 혼자 웃었다.

"그렇다면, 우선 첫 번째 질문에 대답해 보거라. 내가 얼마나 살겠느냐? 반드시 정확한 날짜를 얘기해야 한다."

"왕께서는 죽는 날까지 사실 겁니다. 그 이상은 단 하루도 살지 못합니다. 그리고 마지막 숨을 쉬고 나서 죽을 것이며 그 전에는 절대로 죽지 않을 것입니다."

왕이 웃었다.

"재치가 있도다. 알겠다. 그대의 대답이 옳은 걸로 치고 첫 번째 문제는 넘어가자. 그러면 이제 내가 말을 타고 얼마나 빨리 세상을 한 바퀴 돌 수 있는지 대답해 보라."

"해가 뜰 때 자리에서 일어나세요. 그리고 이튿날 해가 뜰 때까지 말에 타고 있어야 합니다. 해가 뜨면, 왕께서는 곧 말을 타고 스물네 시간 만에 세상을 한 바퀴 돌았다는 것을 깨닫게 될 겁니다."

왕은 다시 웃었다.

"정말 그렇군. 그렇게 빨리 가능할 거라곤 생각도 못했도다. 그대는 재치 있고 더욱이 현명하기까지 하구나. 두 번째 대답도 통과한 것으로 하겠다. 이제 세 번째이자 마지막 질문이 남았도다. 내가 무슨 생각을 하고 있겠는가?"

"쉬운 질문입니다. 왕께서는 절 캔터베리의 대주교라 생각하십니다. 하지만 사실 저는 그분의 하찮은 양치기입니다. 저

는 지와 그분을 용서에 달리고 폐하께 긴청허기 위해 이것에
온 것입니다."

말이 끝나자 그는 긴 가운을 벗어 던졌다. 왕은 오랫동안
큰 소리로 웃어 젖혔다.

"정말 재미있는 자로구나. 네 주인 대신 캔터베리 대주교에
앉혀 주겠다."

"왕이시여! 안 됩니다. 저는 읽지도 쓰지도 못하나이다."

"그렇다면, 좋다. 너의 그 유쾌한 농담에 대해 상을 주겠노
라. 네 평생 매주 은화 네 닢씩을 받을 것이다. 그리고 집에 가
거든 존 왕의 무조건 사면을 받아 왔다고 전하라."

| 존 왕 |

형 리처드의 뒤를 이어 왕위에 오른 존(1199~1216)은 잉글랜드 왕들 가운데 가장 미움받은 왕이었다. 형과 같은 군사적 능력을 갖지 못한 그는 프랑스에 있는 잉글랜드 영토를 거의 모두 잃었다.

또한 교회와 충돌해 교황에게 파문당했다. 잃은 프랑스 영토를 되찾으려는 시도는 무거운 세금부담과 불필요한 군사적 징발을 가져왔다. 1215년 수많은 귀족들이 러니미드에서 존 왕을 만나 '귀족의 요구사항(Articles of the Barons)'으로 알려진 문서를 제시했는데, 이 문서를 바탕으로 '대헌장(Magna Carta)'이 만들어졌다. 귀족들은 플랜태저넷 왕가 치하에서 이제껏 봉건적 특전들을 당연한 것으로 인정받고 누려왔지만 존이 이를 무시하고 전제권을 행사하자 여기에 대항해 보호책을 마련하려 했던 것이다. 귀족들은 국왕이 법 위에 있지 않고 법 아래 있음을 확인시키려 했다. 이 문서는 존의 아들 치하에 약간의 수정을 거쳐 다시 공포되어 교황의 승인을 받았고, 그 결과 1225년판 대헌장은 영구적인 국법의 일부가 되었다.

7

로빈 후드 이야기

A Story of Robin Hood

리처드 왕과 존 왕이 살던 야만 시대는 르네상스 이전의 시대를 일컫는 말로, 인간성이 말살되었다는 의미를 갖고 있다. 당시 잉글랜드에는 큰 숲이 많았다. 그 가운데 가장 유명한 것이 셔우드 숲이었는데 그곳은 왕이 자주 사슴 사냥을 다니는 곳이었다.

이곳에는 한 무리의 대담한 무법자들이 살고 있었다. 그들은 이런저런 죄목으로 숲 속에 숨어 왕의 사슴을 사냥하거나 그곳을 지나는 돈 많은 행인들을 털며 세월을 보냈다.

백여 명에 달하는 무법자들의 지도자는 로빈 후드Robin Hood라는 용감한 남자였다. 그들은 녹색 옷을 입고 활과 화살로 무장하고 다녔다. 때로는 긴 창이나 넓은 칼을 갖고 다니기도 했고 모든 무기를 능숙하게 다루었다.

그들은 뭔가를 얻으면 자신들의 왕 로빈 후드에게 바쳤다. 그러면 로빈 후드는 그것을 공평하게 나누어 각자에게 정당한 몫을 분배했다.

로빈 후드는 일하지 않으면서 큰 저택에 살고 있는 부자들 말고는 아무도 해치지 못하게 했다. 그는 늘 가난한 사람들의 편을 들었고 물건을 나눠 주기도 했다. 그 때문에 백성들은 로빈 후드를 친구로 여겼다.

그가 죽은 다음에도 그의 이런 행동들은 오랫동안 사람들의 입에 오르내렸는데 사람들은 그를 칭송하기도 하고 욕하기도 했다. 그가 거친 무법자였던 것은 사실이지만 로빈 후드에 관한 많은 노래들이 지어져 수백 년 동안 잉글랜드 방방곡곡의 가난한 사람들 사이에서 불려졌다.

다음은 그런 노래들 중 하나의 배경이 되었던 짤막한 일화다.

하루는 로빈 후드가 길섶의 푸르른 나무 아래 서 있었다. 그는 이파리 사이로 들려오는 새들의 노랫소리를 듣고 있다가 한 젊은이가 지나가는 것을 보았다. 젊은이는 밝은 적색 천으로 된 근사한 예복을 입고 있었다. 활기찬 걸음으로 걸어 내려가는 그의 모습은 마치 밝은 대낮만큼이나 행복해 보였다.

"서 친구는 결혼하러 가는 것 같으니 해쳐서는 안 되겠다."

로빈 후드는 혼자서 중얼거렸다.

다음날에도 로빈 후드는 같은 곳에 서 있었다. 오래지 않아 그는 어제 그 젊은이가 걸어 내려오고 있는 것을 발견했다. 그러나 오늘은 그리 행복해 보이지 않았다. 붉은색 외투도 입지 않았고 걸음을 옮길 때마다 한숨을 내쉬며 투덜거렸다.

"아, 슬픈 날이다! 슬픈 날!"

그는 쉬지 않고 혼자서 중얼댔다.

그때 로빈 후드가 나무 아래에서 걸어 나오며 말했다.

"여보게, 젊은이! 나와 내 친구들을 위해 무엇을 내놓을 텐가?"

"아무것도 가진 게 없습니다. 이 반지와 5실링뿐입니다."

"금반지인가?"

"예, 금반집니다. 가져가세요."

"아, 그렇군! 한데, 이건 결혼반지군."

"전 7년 동안이나 이걸 간직했습니다. 결혼식 날 신부에게 주려고 했죠. 우린 어제 결혼할 예정이었어요. 하지만 그녀의 아버지가 생전 본 적도 없는 돈 많은 늙은이에게 그녀를 주겠다고 약속해 버렸어요. 그래서 지금 제 가슴은 찢어질 것 같습니다."

"이름이 뭔가?"

"알린 아 데일이라고 합니다."

"시집을 보내기로 약속된 그 돈 많은 늙은이에게서 자네 신부를 되찾아주면 얼마를 내놓을 텐가?"

"전 돈이 없습니다. 그렇지만 당신의 종이 되겠다고 약속하겠습니다."

"그 아가씨는 얼마나 먼 곳에 살고 있나?"

"그리 멀지 않습니다. 하지만 오늘이 바로 결혼식 날이에요. 식을 올릴 교회는 5마일쯤 떨어져 있고요."

로빈 후드는 서둘러 악사로 변장했다. 그리고 오후 무렵에는 이미 교회에 도착해 있었다.

"누구시오? 무슨 일로 온 거요?"

주교가 물었다.

"무례한 악사올시다. 북쪽 땅에서는 하프를 가장 잘 타지요."

로빈 후드가 대답했다. 그러자 주교는 웃으며 말했다.

"와 줘서 고맙소. 하프 연주만큼 좋은 음악도 없지. 이리 들어와 연주를 해 주시오."

"그럼 들이기겠습니다. 그렇지민 지는 신궁 신부가 나와아
연주를 시작할 겁니다."

곧이어 늙은이 한 사람이 들어왔다. 값비싼 옷을 입고 있었
지만 나이가 들어 허리가 굽고 백발이 성성해 보였다. 그 옆
으로 아름다운 처녀가 걸어 들어왔다. 그녀의 볼은 창백했고
두 눈에는 눈물이 가득 고여 있었다.

"전혀 어울리지 않는 한 쌍인걸. 신부가 스스로 선택할 수
있는 기회를 줘야겠어."

로빈 후드는 이렇게 말한 후 나팔을 입에 물고 세 차례 힘차
게 불었다. 곧이어 녹색 옷차림에 긴 활을 든 스물네 명의 사
나이들이 들판을 가로질러 뛰어왔다. 그들은 교회 안으로 들
이닥쳐 일렬로 늘어섰고 맨 앞에는 알린 아 데일이 서 있었다.

"자, 누구를 선택하겠소?"

로빈이 처녀에게 물었다.

"저는 알린 아 데일을 택하겠어요."

처녀는 얼굴이 홍당무가 되어 대답했다.

"그렇다면 알린 아 데일에게 가시오. 누구든 알린 아 데일
에게서 당신을 빼앗아 가는 사람은 이 로빈 후드와 상대해야
할 거요."

알린 아 데일은 그 자리에서 아름다운 처녀와 결혼했고 돈
많은 늙은이는 크게 화를 내며 집으로 돌아갔다.

그토록 유쾌한 혼례를 치르고 나니

신부가 흡사 여왕 같구나.

그리하여 두 사람은 푸른 숲으로 돌아왔고

이파리는 더욱 푸르렀도다!

| 로빈 후드 |

로빈 후드는 영국의 전설적인 영웅으로, 1160년대 리처드 1세(1189~1199)부터 존 왕(1199~1216)때까지 활약했다. 로빈 후드가 헌팅턴 백작 R. 피츠스의 별명이라는 설도 있지만 확신할 수는 없다.

'두건을 쓴 로버트'라는 의미의 로빈 후드는 귀족 출신으로 실존 인물임에는 틀림없지만 세상을 등지고 무법자로 활약했는지는 확실하지 않다.

로빈 후드의 활약 무대는 잉글랜드를 비롯하여 아일랜드와 스코틀랜드, 프랑스까지 퍼져 있으며 특히 중부 잉글랜드 부근에 그와 관련된 전설이나 내력이 집중되어 있다.

예를 들어 로빈 후드의 언덕이라거나 샘, 동굴 등이 이곳저곳에 있고 로빈 후드가 쏜 화살이 떨어진 곳이라는 장소도 있다. 이 지방에서 부는 바람을 '로빈 후드 바람'이라고 할 만큼 로빈 후드의 명성은 대단했던 것 같다. 정확하지는 않지만 1247년 11월 18일 로빈 후드가 사망했다는 설이 있으며 숨을 거둘 때 쏜 화살이 떨어진 곳에 그의 무덤을 만들었다고 한다.

14세기 후반 랭글랜드의 장편시 『농부 피어스의 환상』, 스코틀랜드의 역사가인 윈턴의 『스코틀랜드 연대기』에서도 그 이름을 찾을 수 있을 정도로 전설적인 영웅이었음에는 틀림없다.

8

브루스와 거미
Bruce and the Spider

아주 오래 전 스코틀랜드에 로버트 브루스^{Robert Bruce}라는 왕이 살았다. 당시는 험하고 거친 시대였기 때문에 왕 또한 용감하고 지혜로워야 했다. 그와 전쟁 중이던 잉글랜드 왕은 그를 몰아내기 위해 대군을 이끌고 스코틀랜드로 쳐들어왔다.

벌써 여러 차례 전투 경험이 있던 브루스는 적지만 용감한 군대를 거느리고 전투에 참가했다. 그렇지만 번번이 적에게 패해 달아나야 했다. 결국 그의 군대는 뿔뿔이 흩어졌고 그는 외진 산중을 숨어 다니는 신세가 되었다.

비가 내리던 어느 날, 브루스는 허름한 오두막의 맨바닥에 누워 지붕으로 떨어지는 빗방울 소리를 듣고 있었다. 그는 지치고 괴로워 모든 희망을 잃어버렸다. 뭔가를 시도한다는 것이 더 이상 아무 소용도 없어 보였기 때문이다.

생각에 잠겨 있는 동안 그는 자신의 머리 위에서 거미 한 마리가 집을 짓고 있는 것을 보았다. 거미는 천천히, 매우 조심스럽게 힘들여 집을 지어 나갔다. 가는 줄을 이쪽 대들보에서 저쪽 대들보에 걸치려고 여섯 번이나 시도했지만 여섯 번 모두 끊어지고 말았다.

"불쌍한 녀석! 너도 실패가 뭔지 알겠구나."

그러나 거미는 희망을 버리지 않았다. 일곱 번째 시도를 위해 더욱 세심한 준비를 했던 것이다.

브루스는 자신의 문제는 잊어버린 채 가느다란 줄에 매달려 흔들리는 거미의 모습을 지켜보았다. 거미가 또 실패했을까? 천만에! 거미줄은 무사히 건너편 대들보에 연결되었다.

"나 또한 일곱 번째 시도를 하리라!"

그는 곧 측근들을 불러 모았다. 그들에게 계획을 설명하고 전갈을 보내 낙담한 백성들을 격려했다. 곧 용맹한 스코틀랜드 사람들이 그의 주위에 모여들었다. 다시 한 차례 전투가 벌어졌고 잉글랜드 왕은 자기 나라로 돌아갈 수밖에 없었다.

그 후로 브루스란 이름을 가진 사람은 거미를 해치지 않았다고 한다. 그 작은 생명이 왕에게 주었던 교훈은 결코 잊혀지지 않았던 것이다.

| 브루스 |

스코틀랜드가 독립하기까지 커다란 몫을 해낸 사람이 있다. 바로 윌리엄 월레스이다.

스코틀랜드의 최고 영웅 중 한 사람인 '윌리엄 월레스William Wallace'의 삶은 영화 〈브레이브 하트〉로 영상화되어 멜 깁슨과 소피 마르소가 연기했으며 이 영화는 아카데미 5개 부문을 휩쓸었다.

잉글랜드의 폭정으로 스코틀랜드가 온갖 핍박을 받을 당시에 주인공인 월레스는 사랑하는 여인을 잃고 복수를 위해 스코틀랜드를 이끄는 지도자가 된다. 잉글랜드는 월등한 군사력을 앞세워 침입해 오지만 역사적인 '스털링 전투'에서 월레스의 군대는 큰 승리를 거둔다. 그가 죽은 지 556년이 지난 1861년 스털링에 그의 업적을 기념하는 90미터 높이의 기념비 행사에 10만여 명이 모일 정도로 월레스의 전설적 생애는 여전히 스코틀랜드 사람들의 마음을 감동시키고 있다.

영화 속에서 주인공을 처형할 때 자비(mercy)를 외치는 군중과 남은 힘을 모아 자유(freedom)를 외치던 주인공의 목소리는 가슴 찡한 감동을 준다.

1296년에 윌리엄 월레스가 잉글랜드 군을 무찔렀던 스털링Stirling은 '항쟁의 땅Place of Striving'이라는 의미이다. 1314년에는 로버트 브루스Robert the bruce가 스털링 섬으로부터 3.2km 남쪽에 위치한 밴녁번Bannockburn에서 다시금 잉글랜드 군을 격파하였다. 이 싸움으로 스코틀랜드는 독립을 쟁취하고 스털링은 스코틀랜드 중앙부의 중심 도시로 이름을 떨치게 되었다. 그런 연유로 'Place of Striving'이라는 이름을 얻게 되었다고 한다.

이후의 스튜어트 왕조 시대에는 왕실이 특히 애착을 보이던 곳으로 역사에 깊이 관여되었다. 파란만장한 일생을 보낸 스코틀랜드 여왕 메리가 겨우 9개월이란 나이에 대관을 받은 곳도 바로 이곳이다. 그녀는 후에 프랑스 왕가로 시집갈 때까지 이곳에서 성장하였다. 스털링 대학이 있는 곳으로도 유명한 이 도시의 거리는 깊은 역사를 느끼게 한다. 곳곳에 남은 역사의 유물에 둘러싸여 걷다 보면 중세에 와 있는 듯한 기분에 빠지게 된다.

바위산 정상에 펼쳐져 있는 스털링 성은 15~16세기의 스튜어트 왕조 시대에 세워졌다. 1430년 제임스 2세가 이곳에서 태어난 것을 비롯하여 여왕 메리와 제임스 6세 등 여러 귀족들이 이곳에서 생활하였다. 성 앞에는 밴녁번 전투의 영웅 로버트 브루스 동상이 세워져 있다. 궁전을 장식한 가구들은 제임스 5세의 명령으로 프랑스에서 스코틀랜드로 가져온 것인데 최초의 고전 르네상스로 알려져 있다.

9

검은 더글러스
The Black Douglas

로버트 브루스 왕이 다스리던 시절, 스코틀랜드에는 더글 러스Douglas라는 용감한 사람이 살았다. 그는 검은 머리에 검 고 긴 턱수염을 했고 얼굴 또한 검게 그을려 있었다. 그래서 사람들은 그에게 '검은 더글러스'라는 별명을 붙여 주었다. 그 는 왕의 좋은 친구이자 가장 강력한 지원 세력이었다.

브루스를 몰아내려는 잉글랜드와의 전쟁에서 검은 더글러 스는 많은 무공을 세웠다. 그래서 잉글랜드 인들은 그를 매우 두려워했다. 그리고 점차 그의 위명은 온 영국 땅에 퍼지게 되었다.

잉글랜드 아이들에게는 검은 더글러스가 온다는 말보다

무서운 짓은 없었다. 그래서 아이들이 비릇없이 굴면 엄마들
은 검은 더글러스가 잡아갈 거라고 얘기했다. 그러면 아이들
이 얌전히 말을 잘 들었기 때문이다.

처음 전쟁이 시작되었을 때 스코틀랜드는 큰 성 하나를 잉
글랜드 군에 빼앗겼다. 그래서 검은 더글러스는 빼앗긴 성을
되찾기 위해 부하들을 이끌고 정찰을 나갔다.

그날은 마침 축제라서 성 안의 잉글랜드 군들은 먹고 마시
며 노느라 정신이 없었다. 기습을 막기 위해 몇 명의 보초만
을 세워 둔 상태였다.

어둠이 짙어질 무렵, 잉글랜드 병사의 아내가 아이를 안고
성에 올랐다. 그녀는 벌판을 바라보다가 성 밑으로 접근하는
몇 개의 검은 물체를 발견했다. 하지만 땅거미가 깔려 그 정
체를 정확히 알 수 없었다. 그녀는 손가락으로 물체를 가리키
며 보초병들에게 말했다.

"저기 좀 보세요!"

"겁낼 것 없어요. 농가에서 기르는 소들이 집을 찾는 중일
거예요. 농부들도 축제를 즐기느라 가축들을 잊었나 봅니다.
행여 검은 더글러스라도 나타나면 자기가 부주의했다고 후회
하게 될 거예요."

하지만 그 시커먼 물체는 가축이 아니었다. 성을 향해 맨손
과 맨발로 벽을 기어오르는 더글러스와 그의 일행이었던 것

이다. 그들 중 몇몇 병사들은 풀밭 사이로 사다리를 끌어왔다. 성벽 꼭대기로 기어오르려는 것이었다. 잉글랜드 병사들은 적이 그렇게 가까이에 있을 것이라고는 미처 생각하지 못했던 것이다.

여자는 마지막 물체가 모퉁이를 돌아 보이지 않을 때까지 지켜보았다. 그녀는 두렵지 않았다. 어둑한 땅거미에 가려 정말로 가축처럼 보였기 때문이다. 잠시 후 그녀는 이런 노래를 부르며 아이를 어르기 시작했다.

울지 마라, 울지 마라, 귀여운 아가야.
울지 마라, 울지 마라, 보채지 말거라.
검은 더글러스에게 주지 않을 테니.

그때, 뒤에서 갑자기 퉁명스러운 목소리가 들려왔다.
"그렇게 장담하지 마라!"
고개를 돌리자 그곳에는 검은 더글러스가 서 있었다. 그와 동시에 스고틀랜드 병사 하나가 성벽 위로 올라왔다. 그리고 한 사람, 한 사람, 또 한 사람. 마침내 성 안은 스코틀랜드 병사들로 가득 찼다.

곧이어 성 곳곳에서 치열한 전투가 벌어졌다. 잉글랜드 군은 기습을 받아 잘 싸울 수가 없었다. 수많은 잉글랜드 군이 전사했고 검은 더글러스 부대는 성의 주인이 되었다. 본래 그들의 소유였던 성을 되찾은 것이었다.

검은 더글러스는 여인과 아이에게는 손끝 하나 대지 못하게 했다. 그 후로도 그 여인이 검은 더글러스 노래를 불렀는지 어땠는지는 전해지지 않는다.

10

고덤의 세 사나이

Three Men of Gotham

옛날 잉글랜드에 고덤이라는 마을이 있었는데, 이곳 마을 사람들에 관한 기이한 일화들은 오늘날까지도 사람들의 입에 오르내리고 있다.

하루는 고덤 사람 둘이 다리 위에서 만났다. 호지는 장을 다녀오는 중이었고, 피터는 장에 가는 길이었다.

"어딜 가나?"

호지가 물었다.

"장에 양을 사러 가는 길일세."

피터가 대답했다.

"양을 산다고? 그럼, 어느 길로 양을 몰고 올 생각인가?"

"이 다리를 건너야시."

"그러지 말게."

"아니, 그렇게 해야겠네."

피터가 고집을 피웠다.

"못 지나가네."

"가겠네."

실제로 백 마리의 양이 있는 듯, 두 사람은 양몰이 흉내를 내며 지팡이로 땅을 두드렸다.

"조심해!"

피터가 소리쳤다.

"내 양들이 다리에서 날뛰지 않게 조심하란 말일세."

"양이 어디서 날뛰건 무슨 상관이람. 어쨌든 다리는 건널 수 없어."

"건너겠어."

"조심해. 계속 떠들면 입에 손가락을 집어넣겠어."

"해볼 테면 해보라지!"

그때 또 다른 고딤 사람이 밀가루 자루를 말에 싣고 장에 다녀오고 있었다. 그는 보이지 않는 양 때문에 싸우는 이웃들을 보고는 걸음을 멈추고 말을 건넸다.

"이 바보 같은 사람들아! 한 가지 교훈을 깨닫게 해 줌세. 피터, 이리 와서 이 자루를 내 어깨에 지워 주게."

피터가 자루를 지워 주자 그는 밀가루를 다리 한 쪽으로 지고 갔다.

"자, 나를 잘 보게. 그리고 교훈을 얻게."

그러고는 자루를 벌리고, 밀가루를 모두 강물 속으로 쏟아 버렸다.

"여보게들. 내 자루 속에 밀가루가 얼마나 남아 있는지 맞출 수 있겠나?"

"하나도 없네!"

호지와 피터가 동시에 소리쳤다.

"맞았네. 여기서 아무것도 아닌 일로 다투고 있는 자네들 머릿속도 내 자루 속만큼이나 텅 비어 있네."

11

고덤의 현자들
Other Wise Men of Gotham

하루는 고덤 사람들에게, 왕이 마을로 오고 있다는 소식이 전해졌다. 고덤 사람들에게는 전혀 반갑지 않은 소식이었다. 왕은 무도하고 악한 사람이었기 때문에, 마을 사람들은 모두 왕을 싫어했다. 하지만 왕이 마을에 온다면 그들은 왕과 그 일행을 위해 식사와 숙소를 준비해야 했다. 또 왕은 뭐든 마음에 드는 것을 보면, 틀림없이 빼앗으려고 들 것이다. 어떻게 해야 할까? 그들은 함께 모여 이 문제를 의논했다.

"숲에 있는 커다란 나무들을 베어, 마을로 통하는 길을 모조리 막아 버립시다."

한 현자가 말했다.

"좋은 생각이오!"

그들은 도끼를 가지고 밖으로 나갔다. 이윽고 마을로 이르는 모든 길이 통나무와 잡목으로 완전히 봉쇄되었다. 왕의 기사들이 고덤으로 들어오려면 꽤 고생을 해야 할 것이다. 그들은 새로 길을 내든지 아니면 계획을 완전히 취소하고 다른 마을로 우회해야 할 것이다.

왕이 도착했다. 하지만 길이 막혀 있자, 화가 난 왕은 소리쳤다.

"누가 나무를 베어 내 길을 막은 것이냐?"

"고덤 사람들입니다."

지나가던 아이들이 대답했다.

"그래. 그렇다면 가서 내가 행정관을 보내 고덤 놈들의 코를 모조리 베어 버리라 했다고 이르거라."

아이들은 곧장 마을로 달려가 왕의 말을 전했다.

사람들은 모두 소스라치게 놀랐다. 그들은 이리 뛰고 저리 뛰면서 소식을 전했고, 서로 대책을 의논했다.

"우리의 지혜는 왕이 마을에 오지 못하게 했네."

한 사람이 말을 꺼냈다.

"이젠 그 재치로 우리 코를 지켜 내야 하네."

"옳소, 옳소."

모두들 맞장구를 쳤다.

"하지만 어떻게?"

그때 또 한 사람이 앞으로 나서며 말했다. 마을에서 가장 지혜롭다는 도빈이었다.

"내가 한 마디 하지. 많은 사람들이 똑똑하기 때문에 벌을 받네. 하지만 바보라서 벌을 받는 경우란 없단 말일세. 그러니 왕의 행정관이 오면 모두 함께 바보 흉내를 내도록 하세."

"좋아, 좋아!"

사람들이 소리쳤다.

"모두 바보짓을 하자고."

길을 여는 것은 쉬운 일이 아니었다. 부하들이 길을 트는 동안 왕은 기다리다 지쳐 런던으로 돌아갔다.

하지만 다음날 아침 일찍 왕의 행정관은 사나운 병사들을 이끌고 숲과 벌판을 지나 고덤을 향해 달렸다. 마을에 거의 다다랐을 때쯤 그들은 괴상한 광경을 목격했다. 노인들이 커다란 바위를 언덕 위로 끌어올리고, 젊은 사람들은 곁에서 쳐다보며 큰 소리로 불평만 하고 있었던 것이다.

행정관은 말을 멈추고 무슨 일이냐고 물었다.

"무거운 돌을 끌어올려 언덕에 올려놓으면 땅이 가라앉아, 해가 다시 떠오를 수 있을까 하굽쇼."

한 노인이 말했다.

"멍청한 놈들! 해는 혼자 저절로 뜬다는 것도 모르느냐?"

"아, 그런가요? 세상에, 그런 건 정말 몰랐는뎁쇼. 정말 현명한 나리시군요!"

"너희는 또 뭘 하고 있는 것이냐?"

행정관이 젊은이들에게 물었다.

"아버지들이 일을 하는 동안 불평을 하고 있었습니다."

"알겠다. 세상은 그런 식으로 돌아가는 법이지."

행정관은 마을을 향해 말머리를 돌렸다.

곧이어 벌판에 당도했다. 그곳에서는 많은 사람들이 모여 돌담을 쌓고 있었다.

"무엇을 하고 있느냐?"

"예, 나리. 이 들판에는 뻐꾸기가 한 마리 살고 있는뎁쇼, 그 놈이 도망가지 못하게 빙 둘러 담을 쌓고 있는 것이랍니다."

"멍청한 놈들! 네놈들이 아무리 높이 담을 쌓아도 새는 꼭대기를 넘어 달아날 수 있다는 걸 모르느냐?"

"몰랐는데요. 그런 건 꿈에도 생각 못했습니다. 나리께선 정말 현명하시군요!"

다음에는 문짝을 떼어 등에 지고 다니는 사람을 만났다.

"넌 뭘 하고 있는 것이냐?"

"먼 여행을 떠나는 길입니다."

"그런데 왜 문은 등에 지고 다니는 것이냐?"

"집에 돈이 있기 때문입니다."

"그러면 문을 집에 두고 와야 할 것 아니냐?"

"도둑이 걱정돼서요. 제가 문을 갖고 가버리면, 놈들이 문을 부수고 안으로 들어가지 못할 것 아니겠습니까?"

"이런 바보 같은 놈! 문은 두고, 돈을 갖고 다니는 편이 훨씬 안전하지 않느냐?"

"그렇겠군요. 그건 꿈에도 생각 못했습니다. 이 세상에 나리만큼 현명한 분도 없을 겁니다."

행정관과 병사들은 여러 곳을 돌아다녔지만, 만나는 사람마다 하나같이 어리석은 짓을 하고 있었다.

"정말 고덤 놈들은 모두 바보인가 보군."

한 병사가 말했다.

"그렇군."

다른 병사가 맞장구를 쳤다.

"그런 바보들을 벌줘야 한다는 게 창피하군."

"런던으로 돌아가자. 왕께 사정을 말씀드려야겠다."

집정관이 말했다.

"그래요. 좋습니다."

기사들도 동의했다.

그들은 왕에게 고덤은 바보들이 사는 마을이라고 보고했다. 그러자 왕은 웃으며 사실이 그렇다면 벌을 주지 않을 것이며, 코를 베지 않겠다고 말했다.

12

디 강의 방앗간 주인
The Miller of the Dee

옛날 애버딘셔 지방의 디 강가에 한 방앗간지기가 살고 있었다. 그는 영국에서 가장 행복한 사람이었다. 하루 종일 분주해도 늘 종달새처럼 흥겹게 노래를 읊조렸다. 그는 명랑한 성격으로 모든 사람들을 즐겁게 했다. 그의 유쾌한 생활 방식은 모든 백성들의 입에 오르내렸다. 마침내 왕도 방앗간지기의 이야기를 듣게 되었다.

"그 대단한 방앗간지기를 직접 만나 봐야겠다. 아마 행복의 비결을 배울 수 있을지도 모르지."

왕이 방앗간에 들어섰을 때 노랫소리가 들려왔다.

아무도, 아무것도 부럽지 않네!

나는 더할 나위 없이 행복하니까.

아무도 나를 부러워하지 않으니까.

"자네가 틀렸네, 친구. 자네 말은 결코 진실이 아닐세. 난 자네가 부러우니까 말일세. 자네처럼 밝게 살 수만 있다면 나는 기꺼이 내 자리를 자네에게 주겠네."

방앗간지기가 웃으며 왕에게 인사했다.

"제가 어찌 감히 폐하의 자리를 넘보겠습니까?"

"한번 얘기해 보게. 이렇게 지저분한 방앗간에서 자네는 어떻게 그리 즐겁고 명랑할 수 있는가? 나는 왕인데도 늘 슬프고 골치가 아픈데 말일세."

방앗간지기가 다시 미소를 지으며 말했다.

"폐하께서 슬퍼하는 이유는 모르지만 제가 즐거운 이유는 얼마든지 말씀드릴 수 있습니다. 저는 제 힘으로 양식을 법니다. 제게는 사랑하는 아내와 아이들이 있고 친구들이 있습니다. 그들도 물론 저를 사랑합니다. 게다가 저는 다른 사람에게 단 한 푼도 빚지지 않았습니다. 행복하지 못할 이유가 뭐가 있겠습니까? 이곳에는 디 강이 있어 매일 방아를 돌릴 수 있습니다. 그리고 이 방아는 아내와 사랑하는 사람들, 그리고 제가 먹을 곡식을 찧어 줍니다."

"잘 알겠다. 앞으로도 그렇게 행복하고 평온하게 살거라. 나는 그대가 부럽다. 그대의 더러운 모자는 나의 황금관보다 값지다. 그리고 너의 물방앗간은 나의 왕국이 나를 위해 할 수 있는 것보다 더 많은 것을 그대에게 해 준다. 그대와 같은 이들이 더 많았다면 이 세상이 얼마나 살기 좋은 곳이 될 수 있었겠느냐! 잘 있게, 친구!"

왕은 돌아서서 슬프게 걸음을 옮겼다. 방앗간지기는 다시 일손을 잡으며 이렇게 노래했다.

오. 더할 나위 없이 행복하여라.
나는 디 강가에 살고 있으므로!

13

필립 시드니 경
Sir Philip Sidney

참혹한 전투가 벌어지고 있었다. 죽은 자와 죽어 가는 자들이 온 땅에 가득했다. 피와 먼지로 뒤범벅된 채 버려진 부상병들 위로 가혹한 햇볕이 작열했다.

이 중에 귀족 한 사람이 있었다. 그는 어질고 친절해서 모든 사람들이 그를 좋아했다. 하지만 지금은 전장에서 가장 불쌍한 사람 중의 하나였다. 그는 부상으로 죽어 가고 있었고, 고통과 갈증으로 크나큰 고통을 받고 있었다.

전투가 끝나자 병사들이 그를 구하러 달려왔다. 그 가운데 한 병사가 컵에 물을 떠 왔다.

"드십시오, 필립 경. 당신께 드리려고 개울에서 맑고 시원

한 물을 떠 왔어요. 머리를 일으켜 드릴 테니 드세요."

필립의 입술에 컵이 닿았다. 그는 고마움으로 가득 찬 시선
으로 물을 떠 온 병사를 쳐다보았다. 그리고 막 물을 마시려
던 순간 바로 곁에서 죽어 가고 있는 한 병사와 눈이 마주쳤
다. 불쌍한 병사의 표정에는 말로 표현하는 것 이상의 부러움
이 드러나 있었다.

"이 물을 저 사람에게 주게."

필립은 컵을 그 병사에게 디밀었다.

"자, 전우여, 이걸 마시게. 나보다 그대가 더 목이 마른 것
같군."

얼마나 용감하고 고귀한 인물인가! 필립 시드니 경의 이름
은 앞으로도 잊혀지지 않을 것이다. 그 이름은 항상 다른 사람
의 행복을 염두에 두는 기독교적 신사의 이름이기 때문이다.

그를 안장하던 날 모든 백성의 눈에는 눈물이 가득 고였다.
부자와 거지, 귀족과 천민 할 것 없이 모든 이들이 친구를 잃
었다고 생각했던 것이다. 그렇게 모든 사람들이 세상에서 가
장 친절하고 어진 사람이었던 필립의 죽음을 애도했다.

14

배은망덕한 병사
Ungrateful Soldier

필립 시드니 경 시대 이후 백여 년이 채 못 되어 스웨덴과 덴마크 사이에 전쟁이 일어났다. 하루는 큰 전투가 벌어졌고, 이 싸움에서 패한 스웨덴 인들은 전장에서 밀려났다.

가벼운 상처를 입은 한 덴마크 병사가 바닥에 앉아 막 물통의 물을 마시려고 했다. 그때 누군가의 목소리가 들려왔다.

"오! 나리, 죽어 가는 사람에게 물 한 모금만 주세요."

그것은 근처의 땅바닥에 쓰러져 있던 스웨덴 부상병의 목소리였다. 덴마크 병사는 즉시 그에게로 다가갔다. 그러고는 적의 곁에 무릎을 꿇고 앉아, 물통을 그의 입술에 대 주었다.

"마셔요. 당신이 나보다 훨씬 목이 마른 것 같군."

그가 말을 마치기 무섭게 스웨덴 병사는 팔꿈치를 짚고 일어났다. 그러고는 주머니에서 권총을 꺼내 자신을 도와주려던 사람을 쏘았다. 다행히 총알은 덴마크 병사의 어깨를 스쳐 큰 상처를 입히지는 못했다.

"이런 파렴치한!"

덴마크 병사가 소리쳤다.

"난 네놈을 도와주려고 했는데, 네놈은 날 죽이려고 하는구나. 그 대가를 치르게 해 주마. 원래는 네게 이 물을 전부 주려고 했는데 이젠 반만 주겠다."

그는 물의 반을 마시고, 나머지를 스웨덴 병사에게 주었다.

덴마크 왕이 이 이야기를 듣고 그 병사를 데려와 자초지종을 물었다.

"그 스웨덴 녀석이 널 죽이려고 했는데, 너는 왜 그자의 목숨을 구해 주었느냐?"

"부상당한 적을 죽일 수는 없었나이다, 폐하."

"그대는 귀족이 될 만한 자격이 충분하다."

왕은 그에게 귀족의 작위를 하사함으로써 치하했다.

15

험프리 길버트 경

Sir Humphrey Gilbert

4백여 년 전 잉글랜드에는 험프리 길버트^{Humphrey Gilbert}라는 용감한 사람이 살았다. 당시 미국에는 백인이 없었으며, 온 대륙이 숲으로 뒤덮여 있었다. 지금의 대도시와 멋진 농장도 당시에는 미개한 인디언과 들짐승이 돌아다니던 숲과 늪이었을 뿐이었다.

험프리 길버트는 최초로 미국 정착을 시도했던 사람들 중하나였다. 그는 두 번이나 항해를 시도했지만, 모두 실패하고 되돌아왔다.

두 번째 항해에서 그는 '스쿼럴'이라는 작은 배에 승선했다. 그리고 '골든 하인드'라는 이름의 다른 배가 멀지 않은 곳에 있었다.

육지를 떠난 지 사흘째 되던 날, 바람이 그치고 배는 파도에 표류했다. 밤이 되자 공기가 매우 차가워졌다. 거대한 빙산들이 배를 포위했던 것이다.

유빙에 갇혀 당황하는 하인드 호의 선원들에게, 스쿼럴 호의 갑판에 앉아 책을 펼쳐 들고 있는 험프리의 모습이 보였다. 험프리는 선원들을 불러 이렇게 말했다.

"용기를 내시오. 천국은 바다에서도 육지만큼 가깝소."

다시 밤이 왔다. 안개 속에서 폭풍우가 몰아쳤다. 그때 스쿼럴 호의 불빛이 갑자기 사라졌다. 파도가 용감한 험프리와 선원들이 탄 작은 배를 삼켜 버린 것이었다.

| 식민지 개척의 선두주자 험프리 길버트 |

영국의 군인이자 항해가인 그는 옥스퍼드 대학에서 항해학·군사학을 배우고 군에 입대한 후, 1567~1570년 아일랜드에 파견되어 반란 진압에 참가하였다. 아일랜드 종군 중 남부의 먼스터 지방을 프로테스탄트 식민지 계획으로 구체화한 공로로 1570년 기사 작위를 받았다.

1576년 『카타이아에의 신항로 발견론』을 저술하고, 1578년 엘리자베스 1세로부터 이교도의 땅을 식민지화하라는 6년 기한의 특허장을 받고 일곱 척의 탐험대를 조직하여 최초의 항해를 시도하였으나 실패하였다. 1583년 다시 식민지 탐험대를 이끌고, 8월에 뉴펀들랜드의 세인트존스에 도착하여 처음으로 영국 식민지를 건설하였다. 그러나 돌아오던 중에 아조레스 제도 근해에서 큰 폭풍을 만나 세상을 떠났다.

그의 생애는 D. B. 퀸의 『험프리 길버트 경의 항해와 식민지 개척 계획』(2권, 1940)에 담겨져 있다.

험프리 길버트 경

16

월터 롤리 경
Sir Walter Raleigh

옛날 잉글랜드에 월터 롤리Walter Raleigh라는 용감하고 훌륭한 사람이 살았다. 그는 용감하고 기품이 있었으며 용모도 수려하고 예의도 발랐다. 이런 이유로 여왕은 그에게 작위를 수여하고 월터 롤리 경이라고 불렀다.

하루는 롤리가 멋지고 기품 있는 복장에 주홍색 망토를 걸친 채 어느 런던 거리를 걸어가고 있었다. 당시 거리는 포장되지 않았고 보도도 없었다. 그래서 길을 걷는 동안 진흙을 피하느라 정신이 없었다.

곧이어 흙탕물 웅덩이에 잠긴 길이 나타났다. 도저히 걸어서는 건널 수 없는 길이었다. 잘하면 뛰어넘을 수는 있을 것 같았다.

롤리는 어떻게 할지 고민하다가 우연히 고개를 들었다. 그 때 흙탕물 웅덩이 저편에서 걸어오는 한 여인이 보였다.

영국 여왕 엘리자베스였다. 또 일련의 귀부인들과 시종들이 그녀를 수행하고 있었다. 여왕도 흙탕물 웅덩이를 발견했다. 여왕은 과연 이 웅덩이를 어떻게 건널 것인가?

여왕이 걸어오고 있다는 사실을 알고 난 후 젊은 롤리는 자신의 걱정은 까맣게 잊어버렸다. 그는 여왕을 도울 일만을 생각했다. 그가 할 수 있는 일은 한 가지뿐이었다. 하지만 그것은 아무도 생각할 수 없는 일이었다.

그는 주홍색 망토를 벗어 웅덩이 위에 펼쳤다. 여왕은 훌륭한 융단 위를 건너듯 망토를 밟고 지나갔다. 여왕은 지저분한 웅덩이를 건넜지만 흙탕물 따위는 전혀 묻지 않았다. 여왕은 잠시 멈추어 젊은이에게 감사를 표했다.

여왕은 수행원들의 앞으로 나가며 한 귀부인에게 물었다.

"저렇게 너그럽게 우리를 도와준 용감한 신사 분이 누구신가?"

"월터 롤리라는 사람입니다."

"보답을 해 줘야겠군."

그로부터 얼마 후 여왕은 롤리를 궁전으로 불렀다. 그는 궁전으로 갔지만 주홍색 망토를 걸치지 않은 채였다.

여왕은 대신들과 귀부인들을 빙 둘러 세우고 롤리에게 작위를 수여했다. 그리고 그는 여왕의 총애를 받은 월터 롤리 경으로 알려지게 되었다.

월터 롤리와 앞서 말했던 험프리 길버트는 이복형제간이었다. 또 그는 험프리의 첫 미국행을 함께했다. 그 후로도 월터는 여러 차례 미국으로 사람들을 보내 정착을 시도했다.

하지만 그가 보냈던 사람들은 거대한 숲과 사나운 맹수, 미개한 인디언을 만났을 뿐이었다. 그들 중 일부는 영국으로 돌아왔지만 일부는 식량이 떨어져 죽거나 실종되었다. 결국 월터는 사람들을 미국에 보내는 것을 포기했다.

그렇지만 그는 미국에 갔을 때 영국인들이 모르고 있었던 두 가지를 발견했다. 하나는 감자였고 다른 하나는 담배였다.

그는 인디언들이 식량으로 쓰던 감자를 전파하고, 신대륙처럼 유럽에서도 감자를 재배할 수 있다는 사실을 입증했다.

그리고 월터는 인디언들이 피우는 담뱃잎을 가져왔다. 당시 영국에는 담배가 없었기 때문에 사람들은 월터가 잎을 말아 연기를 내뿜는 모습을 신기하게 생각했다.

한번은 그가 의자에 앉아 담배를 피우고 있는데 하인이 들어왔다. 하인은 하얀 연기가 주인의 머리 위로 올라가는 것을 보고 주인에게 불이 났다고 생각했다. 그러고는 물을 가지고 와 월터의 얼굴에 끼얹었다. 물론 불은 완전히 꺼졌다.

그때부터 많은 사람들이 담배를 배웠다. 그리고 지금은 세계 모든 나라에서 담배를 피우고 있다. 월터가 담배만은 그냥 두고 왔더라면 더 좋았을지도 모르겠다.

17

포카혼타스
Pocahontas

옛날에 존 스미스라는 매우 용감한 사람이 있었다. 그가 미국 대륙에 도착한 것은 아주 오래 전이었다. 그때는 도처에 큰 숲들이 있었고, 거친 들짐승과 인디언도 많았다. 그의 모험에 관한 많은 이야기들이 전해지는데, 그 중 어떤 것은 진실이고 어떤 것은 거짓이다. 그렇게 와전된 이야기들 중에는 다음과 같은 것이 있다.

어느 날 스미스는 숲을 지나다가 갑자기 나타난 인디언들에게 붙들려 포로가 되었다. 그들은 스미스를 인디언의 왕에게 데려갔고 곧이어 사형을 집행할 준비를 했다.

그들은 커다란 돌 히니를 가져와, 스미스를 눕히고 그의 머리를 돌 위에 올려놓았다. 그러고는 키 큰 인디언 둘이 큼직한 곤봉을 들고 앞으로 나왔다. 인디언 왕과 원로들이 사형 집행을 보려고 둘러섰다. 두 남자가 곤봉을 치켜들었다. 곧 스미스의 머리 위로 곤봉을 내리칠 찰나였다.

바로 그 순간 어린 인디언 소녀가 달려들었다. 왕의 딸 포카혼타스^{Pocahontas}였다. 그녀는 몸을 날려 스미스를 덮치며 곤봉을 막았다. 두 팔로 스미스의 머리를 끌어안아 스미스의 머리를 가로막은 것이다.

"오, 부왕이시여! 이분을 살려 주세요. 이분은 우리에게 아무런 해도 끼치지 않았어요. 우린 이 사람과 친구가 되어야 해요."

인디언들은 소녀가 다칠까 봐 곤봉을 내려칠 수 없었다. 왕은 처음에는 잠시 어리둥절했다. 그러고는 곧 용사들에게 명령하여 스미스를 일으켜 세웠다. 그들은 팔목과 발을 묶은 줄을 풀어 스미스를 자유롭게 해 주었다.

다음날 왕은 스미스를 집으로 보내 주었다. 그리고 그를 보호하기 위해 인디언 몇 명을 딸려 보냈다.

그 후 포카혼타스는 죽을 때까지 백인들의 친구가 되어 많은 도움을 주었다.

| 세계사를 바꾼, 사랑의 힘! 포카혼타스 |

포카혼타스는 월트 디즈니에서 실화를 바탕으로 하는 영화로 제작되었다. 그래서 많은 사람들이 인디언 추장의 딸인 포카혼타스와 백인 개척자인 존 스미스가 정말 애틋한 사랑에 빠졌던 걸로 알고 있다.

사실 이것은 미국 역사에서 유명한 사건으로, 인디언의 땅을 개척하러 들어 갔던 존 스미스가 포카혼타스의 아버지인 인디언 추장 포와탄에게 붙잡혔다 고 전해진다. 포와탄이 도끼로 그의 머리를 내리치려는 순간 포카혼타스가 뛰어들어 그를 몸으로 가로막으며 살려 달라고 외쳤다는 것이다. 그러나 두 사람 사이의 로맨스는 전혀 사실이 아니다. 어쨌든 존 스미스는 목숨을 건져 영국으로 돌아갔다.

영국인들의 정착촌인 제임스타운을 건설했던 존 스미스의 후임으로 토마스 데일이 부임했고 인디언들은 계속 영토를 개척해 들어오는 백인들에 의해 밀려났다. 그 와중에 포와탄의 가장 아끼는 딸, 포카혼타스가 제임스타운으 로 납치를 당했다. 그녀는 항상 밝고 명랑했을 뿐 아니라 커 가면서 더욱 매 력적인 외모를 갖추었다.

영국인들은 몸값을 톡톡히 받아낼 심산으로 그녀를 억류하고 있었다.

포와탄은 비탄에 빠졌다.

"백인들은 이미 우리에게서 집과 땅을 빼앗아 갔다. 그런데 더 이상 무얼 요 구하겠다는 말이더냐!"

딸의 목숨이 위태로울까 봐 싸움도 중지시킨 포와탄은 부족들과 딸 사이에 서 고통스러워했다. 그러던 중 제임스타운의 책임자인 토마스 데일에게서 통보를 받았다. 포카혼타스가 기독교로 개종하고 가장 큰 담배 농장을 하는 존 롤프와 결혼하기로 했다는 것이다. 그녀는 결혼하고 나서 이름까지 레베 카로 바꾸었다. 당시 그녀는 백인들의 문화에 놀라운 적응력을 보였고 뛰어 난 패션 감각으로 화제가 되었다.

그러나 아들까지 낳았던 그녀는 천연두로 죽게 된다. 결혼한 지 3년 만의 일 이었다. 유럽인들이 옮겨 온 질병에 면역력이 없었던 인디언으로서는 죽음밖에 길이 없었던 것이다.

결론적으로 포카혼타스는 백인들에게 개척의 길을 열어 주었던 인물이었다기보다는 백인들에 의해, 그들의 이기(利己)에 의해 희생되었다고 할 수 있다. 포카혼타스의 아들 토마스 롤프는 부유한 담배농장의 주인이 되어 어머니의 고향으로 돌아갔다.

조지 워싱턴과 도끼

George Washington and His Hatchet

조지 워싱턴(George Washington)은 아주 어렸을 때 아버지로부터 도끼 한 자루를 선물받았다. 근사한 새 도끼가 생긴 워싱턴은 밖으로 나가 직접 도끼질을 해 보면 매우 즐거울 것 같았다.

정원으로 달려간 그는 나무 한 그루를 보았다. 나무가 마치 "와서 나를 베어 보렴" 하며 유혹하는 듯했다.

조지는 일꾼들이 숲에서 큰 나무들을 도끼질하는 모습을 자주 보았다. 그래서 나무가 큰 소리와 함께 땅에 쓰러지는 모습을 보고 싶다는 생각이 들었다. 그는 자신의 작은 도끼로 도끼질을 시작했다. 그리고 어린 나무를 쓰러뜨리는 데는 오

랜 시간이 걸리지 않았다.

얼마 후 아버지가 집으로 돌아왔다.

"누가 어린 벚나무를 벤 거냐? 우리 나라에 딱 한 그루밖에 없는 나무라 큰돈을 주고 산 건데!"

아버지는 단단히 화가 나서 소리쳤다.

"벚나무를 죽인 놈을 잡기만 해 봐라. 내 그 녀석을 그냥……"

"아버지!"

울부짖듯 어린 조지가 말했다.

"사실대로 말씀드릴게요. 제가 제 도끼로 나무를 베었어요."

아버지는 화난 것도 잊어버렸다.

"조지!"

아버지는 어린 아들을 껴안으며 말했다.

"조지, 네가 솔직하게 고백하니 기쁘구나. 네가 한 번이라도 거짓말을 하도록 만드느니, 차라리 그런 벚나무 열두 그루를 잃어버리는 편이 낫단다."

19

그레이스 달링
Grace Darling

9월의 어느 어두운 새벽이었다. 바다에 폭풍이 몰아쳤다. 페임 군도 앞바다에 배 한 척이 좌초되었다. 선체가 파도에 부딪혀 두 동강 났고 절반은 파도에 이미 휩쓸려 갔다. 남은 절반이 암초에 걸려 많은 선원들이 매달려 있었다. 하지만 파도가 세차게 부딪치고 있던 터라 그 절반도 머지않아 바다 밑으로 가라앉을 판이었다.

세상에 누가 불쌍하지만 죽은 목숨이나 다름없는 이들을 구하겠다고 나설 수 있을까?

한 섬에 등대가 있었다. 그레이스 달링^{Grace Darling}은 등대지기의 딸로, 그곳에서 내내 폭풍소리를 들으며 밤을 지새웠다.

그녀는 한밤의 어둠 속에서 파도와 바람 소리에 실려 오는 비명 소리와 처절한 울부짖음을 들었다.

날이 밝자 일 마일쯤 떨어진 곳에서 난파선을 볼 수 있었고, 배는 아직 성난 파도에 포위되어 있었다. 돛대에 매달린 사람의 모습도 눈에 들어왔다.

"사람들을 구해야 해요!"

그레이스가 외쳤다.

"당장 보트를 띄워야 해요!"

"소용없는 짓이란다, 그레이스."

아버지가 말했다.

"우리가 어떻게 저기까지 나갈 수 있겠니?"

그는 거대한 파도의 위력을 잘 알고 있었다.

"여기 앉아서 사람들이 죽는 걸 보고만 있을 수는 없어요. 최소한 저들을 구하려는 시도는 해 봐야죠."

아버지는 차마 안 된다고 말할 수 없었다.

두 사람은 준비를 서둘렀다. 그러고는 튼튼한 등대용 보트를 타고 출발했다. 그레이스가 한 쪽 노를, 아버지가 다른 쪽 노를 맡아 난파선을 향해 똑바로 방향을 잡았다. 바다에 맞서 노를 젓기란 쉬운 일이 아니었다.

마침내 암초 가까이에 접근하자 훨씬 큰 위험이 도사리고 있었다. 사나운 파도가 연이어 뱃전을 때리는 것이었다. 이 용감한 소녀의 상인함과 노딘힘이 없었다면 필시 배는 산산 조각이 나고 말았을 것이다.

그레이스가 혼자서 배를 붙들고 있는 동안 아버지는 여러 번의 시도 끝에 난파선에 올라탔다. 그러고는 피로에 지친 선원들이 한 사람씩 그의 배로 옮겨 탈 수 있도록 도와주었다.

약한 보트가 조수에 표류하거나 날카로운 암초에 부딪쳐 깨지지 않게 하는 것은 전적으로 그레이스의 몫이었다. 아버지는 사력을 다해 보트로 되돌아왔다. 그리고 억센 두 손으로 다시 노를 잡았고, 얼마 후 모두 무사히 등대로 돌아왔다.

그레이스는 선원의 역할도 용감하게 수행했지만 간호사로 서도 손색이 없었다. 폭풍우가 가라앉고 난파선의 선원들이 고향으로 돌아갈 수 있을 만큼 기력을 되찾을 때까지 그녀는 누구보다 친절하게 그들을 돌봐 주었다.

이것은 아주 오래 전의 일이다. 하지만 그레이스 달링의 이름은 앞으로도 결코 잊혀지지 않으리라. 지금 그녀는 옛 집에서 멀지 않은 바닷가의 작은 교회 마당에 잠들어 있다. 지금도 해마다 많은 사람들이 그녀의 무덤을 찾는다.

그곳에는 이 용감한 소녀를 기리는 기념물이 세워져 있다. 기념물은 크지는 않지만 그레이스 달링의 고귀한 행동을 기리고 있다. 그것은 오른손으로 노를 꼭 쥔 채 영면해 있는 여인의 모습을 그린 석상이다.

그레이스 달링

20

윌리엄 텔의 이야기
The Story of William Tell

스위스 사람들이 오늘날처럼 늘 자유롭고 행복했던 것만
은 아니었다. 옛날 오만한 폭군 게슬러가 다스리던 시절에는
참으로 비참한 사람들이었기 때문이다.

어느 날 게슬러는 광장에 긴 장대를 세워 그 꼭대기에 자신
의 모자를 걸어 놓았다. 그러고는 마을에 들어오는 사람들은
모두 그 앞에서 절을 하라고 명령했다. 하지만 윌리엄 텔은
그 명을 따르지 않았다. 꼿꼿이 팔짱을 끼고 서서 오히려 흔
들리는 모자를 조롱했다. 나아가 그는 게슬러에게도 고개를
숙이지 않았다.

게슬러는 단단히 화가 났다. 그렇게 되면 다른 백성들도 그

의 명령을 따르지 않을 것이고 이어 전체가 반란을 꾀하게 될지도 모른다는 두려움 때문이었다. 게슬러는 윌리엄 텔을 없애야겠다고 생각했다.

윌리엄 텔은 산중에 살고 있는 이름난 사냥꾼이었다. 그는 나라 안에서 가장 활을 잘 쏘았다. 이것을 잘 아는 게슬러는 그의 사냥 재주를 이용하여 그를 비극으로 몰고 갈 계획을 생각해 냈다.

게슬러는 윌리엄 텔의 어린 아들을 광장에 세워 놓고 머리 위에 사과를 올려놓았다. 그러고는 윌리엄 텔에게 단 한 발의 화살만으로 사과를 명중시키라고 명령했다. 윌리엄 텔은 자신의 활솜씨를 시험하지 말라고 애원했다. 아이가 몸을 움직이면 어떡하나? 활을 쏘는 궁수의 손이 떨리기라도 하면? 만약에 화살이 빗나간다면?

"자식을 내 손으로 죽이게 만들 작정입니까?"

"닥쳐라. 반드시 화살 하나로 사과를 맞혀야 한다. 못 맞히면 네가 보는 앞에서 네 아들을 죽이겠다."

윌리엄 텔은 더 이상 아무 말도 하지 않은 채 화살을 날렸다. 아이는 똑바로 서 있었다. 아버지의 활 솜씨를 믿었기 때문에 조금도 두렵지 않았던 것이다.

휘파람 소리와 함께 화살이 허공을 갈랐다. 그리고 정확히 사과 한가운데를 맞혀 떨어뜨렸다. 이 광경을 보고 있던 사람들은 환성을 질렀다. 그리고 윌리엄 텔이 그 자리를 떠나려고 몸을 돌리는 순간, 외투 안에 감춰 두었던 화살 하나가 땅바닥에 떨어졌다.

"이놈!"

게슬러가 고함을 질렀다.

"이 화살은 어찌 된 것이냐?"

"폭군이여!"

윌리엄 텔은 당당하게 대답했다.

"내 아들이 다치기라도 했다면 이 화살로 당신의 심장을 노릴 생각이었소."

이야기에 따르면 이 일이 있은 지 오래지 않아 윌리엄 텔은 폭군을 활로 쏘아 죽이고 스위스를 해방시켰다고 한다.

| 윌리엄 텔이라는 인물은 존재하지 않았다 |

민간에 전해 내려오는 이야기에 따르면 윌리엄 텔은 자기 아들의 머리 위에 있던 사과를 맞히기는 했다고 한다. 그러나 그는 게슬러에게 이렇게 말했다. "만약 내가 활을 잘못 쏘았다면 게슬러 당신부터 쏘아 죽였을 거요!"

그는 이 말 한마디로 붙잡혀 가게 된다. 배를 타고 게슬러의 성으로 가던 그는 폭풍을 틈타 배에서 탈출한다. 우른 호수에는 아직도 유명한 텔의 바위가 있다. 이곳에서 그가 뛰어내렸다는 것이다. 그리고는 게슬러보다 앞서 가서 몸을 숨기고 있다가 게슬러를 활로 쏘아 죽였다고 한다.

그러나 여러 가지 다른 이야기도 함께 전해진다. 윌리엄 텔이 호수에 빠져 죽었다거나 유명한 자유투쟁 비밀단체에 가입했다고도 한다.

이 전설들은 시간적으로 맞지 않는 점이 있다. 텔의 노래는 이 사건보다 백 년 후에나 나왔으며, 그가 자기 아들 머리 위의 사과를 쏜다는 것도 그 훨씬 이전에 다른 지방의 동화에 이미 나오는 이야기이다. 그리고 무엇보다도 증거가 부족하다. 기록으로 남겨진 것이 거의 없기 때문이다.

21

아놀드 윈컬리드

Arnold Winkelried

스위스를 향해 대군이 진군하고 있었다. 조금만 더 깊숙이 들어오면 몰아낼 수도 없을 것이다. 그들은 마을을 불태우고 농민의 곡식과 양을 빼앗고 백성들을 노예로 삼을 것이다.

스위스 인들은 이를 잘 알았다. 집과 목숨을 지키려면 싸워야 했다. 많은 사람들이 산과 계곡을 내려와 어떻게든 나라를 구하겠다고 모여들었다. 어떤 이들은 활과 화살을, 어떤 이들은 낫과 갈퀴를, 또 어떤 이들은 지팡이와 곤봉을 들었다.

적은 대오를 유지하며 길을 따라 진군했다. 병사들은 각각 완전 무장을 했다. 또한 밀집 대형을 유지하며 움직였고 창과 방패, 번쩍이는 갑옷 말고는 아무것도 보이지 않았다. 가련한 이 나라의 백성들이 그런 저들을 어떻게 대적한단 말인가?

"적의 전열을 깨야 한다."

지휘자가 소리쳤다.

"저렇게 밀집해 있으면 적에게 타격을 줄 수 없다."

궁수들이 화살을 쏘았지만 방패에 모두 튕겨져 나왔다. 곤봉과 돌을 휘둘렀으나 별 효과가 없었다. 전열은 여전히 튼튼했다.

적은 빠른 속도로 다가왔다. 방패와 방패를 겹쳐 햇빛 아래 번쩍이는 수천 개의 창들이 마치 덥수룩한 털처럼 보였다. 그들이 사냥꾼의 곤봉이나 돌멩이, 화살 따위를 무서워할 이유가 어디 있겠는가?

"적군의 전열을 부수지 못하면 우리는 싸워 보지도 못하고 나라를 빼앗길 것이다."

스위스 사람들은 절규했다. 그때 아놀드 윈컬리드^{Arnold Winkelried}라는 초라한 행색의 사내가 걸어 나왔다.

"저 너머 산에는 행복한 내 집이 있소. 아내와 아이들이 나의 귀환을 기다리고 있지. 하지만 이젠 날 못 볼 거요. 나는 오늘 조국에 내 목숨을 바칠 것이기 때문이오. 동지들, 그대들의 임무를 다하시오. 스위스는 반드시 해방될 것이오."

그는 말을 마치자마자, 곧장 앞으로 달려 나갔다.

"뒤를 따르시오! 내가 적의 전열을 흐트러뜨릴 테니, 각자 최선을 다해 용감하게 싸우도록 합시다."

그는 곤봉이나 돌멩이는 물론 아무것도 들고 있지 않았다. 하지만 그는 창들이 가장 **빽빽**한 곳을 향해 똑바로 돌진했다.

"자유를 위해 길을 비켜라!"

그는 소리치며 적진 속으로 돌진했다.

백여 개의 창끝이 그를 겨냥했다. 적군은 위치를 지켜야 한다는 사실을 망각했다. 순식간에 대오가 흐트러졌다. 스위스 사람들은 아놀드를 따라 용감하게 적진으로 돌진했다. 그리고 손에 잡히는 대로 아무거나 들고 싸웠다. 그들은 두려움을 잊었다. 오직 사랑하는 조국과 가정만을 생각했다. 그리하여 마침내 그들은 승리했다. 유래를 찾을 수 없는 처절한 싸움이었다. 스위스는 해방되었고, 아놀드 윈컬리드의 죽음은 헛되지 않았다.

22

아트리의 종
The Bell of Atri

아트리^{Atri}는 이탈리아에 있는 작지만 유서 깊은 마을로 가파른 언덕의 중간쯤에 건설되었다.

옛날 옛적에 아트리의 왕이 크고 훌륭한 종을 마련해 시장에 있는 탑에 달았다. 그리고 거의 땅에 닿을 정도로 긴 줄을 맸다. 아무리 작은 아이라도 줄을 당겨 종을 칠 수 있게 한 배려였다.

그리고 왕은 선포했다.

"이것은 정의의 종이니라."

마침내 종을 울릴 준비가 끝나자 아트리 사람들은 큰 축제를 열었다. 남녀노소 가리지 않고 모두 장터로 내려와 정의의 종을 구경했다. 종은 매우 아름다웠고 해처럼 노란 색으로 밝게 반짝거릴 만큼 윤이 났다.

"저 종소리가 너무나 듣고 싶은걸!"

백성들이 말했다. 그때 왕이 길을 따라 내려왔다.

"왕께서 종을 칠 거야."

사람들이 서로 입을 모았다. 그리고 모두들 가만히 서서 왕이 뭘 하려는지 보려고 기다렸다. 그러나 왕은 종을 치지 않았다. 밧줄을 잡지도 않았다. 그는 탑 아래 멈춰 서서 한 손을 들었다.

"나의 백성들아, 이 아름다운 종이 보이는가? 이것은 그대들의 종이다. 그러나 꼭 필요할 때만 치도록 하라. 그대들 가운데 억울함이 있거든 언제든지 종을 쳐라. 그러면 즉시 재판관들이 모여 그대들의 사정을 듣고 판결을 내려 줄 것이니라. 부자든 가난뱅이든 늙은이든 젊은이든 평등하게 종을 울릴 수 있다. 그러나 억울함이 없다면 줄을 건드리지 말라."

그 뒤로 몇 해가 지났다. 그동안 여러 차례 시장의 종이 울려 재판관들을 불러냈다. 많은 잘못이 바로잡혔고 나쁜 짓을 한 사람은 처벌받았다.

세월이 흘러, 대마로 엮은 밧줄이 낡아 거의 못쓸 지경에 이르렀다. 아래쪽은 이미 풀려 있었고, 그 중 몇 가닥은 벌써 끊어져 있었다. 그리고 이젠 줄이 너무 짧아져 키가 큰 어른이나 겨우 닿을 수 있을 정도였다.

"이대로는 안 되겠소."

하루는 재판관들이 입을 모았다.

"만약 어린이가 억울한 일을 당하면 어떻게 되겠소? 종을 울려 그 억울함을 우리에게 호소할 수 없을 거요."

그들은 당장 새 밧줄을 달라고 명령했다. 사람들은 바닥까지 내려와 아무리 작은 아이라도 잡을 수 있는 줄을 찾았지만, 아트리 어디에서도 그런 밧줄을 찾을 수 없었다. 산 너머로 사람을 보내려고 했지만, 밧줄을 가져오려면 며칠은 걸릴 것이었다. 그 전에 억울한 일이 생기면 어떻게 해야 할까? 피해자가 키가 작아 낡은 밧줄에 미치지 못하면, 재판관들이 그 사정을 어떻게 알 수 있을까?

"제가 수를 내 보겠습니다."

곁에 있던 남자가 말했다. 그는 멀지 않은 곳에 있는 자기 집 정원으로 달려가 긴 포도넝쿨을 들고 왔다.

"밧줄 대신 쓸 수 있을 겁니다."

그는 위로 올라가 종에 덩굴을 맸다. 아직 잎과 덩굴손이 달려 있는 가느다란 포도넝쿨이 땅바닥까지 늘어졌다.

"됐다!"

재판관들이 말했다.

"아주 훌륭한 밧줄이군. 그대로 쓰도록 합시다."

한편 마을 위쪽의 언덕배기에는 한때 기사로서 용맹을 떨쳤던 남자가 살고 있었다. 그는 젊은 시절에 말을 타고 여러 나라를 유랑했고 많은 전투에 참가했다. 그 시절 내내 가장 좋은 친구가 되었던 것은 그의 애마였다. 튼튼하고 혈통 좋은 그의 말은 많은 위험을 뚫고 그를 안전하게 지켜 주었다.

그러나 나이가 들면서 기사는 더 이상 말을 타고 전투에 나가지 않았다. 더 이상 무용을 쌓으려고 하지도 않았다. 관심은 오로지 돈뿐이었다. 구두쇠가 된 것이다. 결국 그는 말을 제외한 모든 것을 돈으로 바꿔 언덕 위의 작은 오두막에서 살았다. 그는 매일같이 돈주머니 사이에 앉아 어떻게 하면 더 많은 돈을 벌 수 있을까 궁리했다. 그러는 사이 그의 말은 텅 빈 마구간에서 거의 굶주린 채로 추위에 떨고 있었다.

그러던 어느 날 아침 구두쇠 기사는 생각했다.

"저런 게으른 말을 먹여 어디에 쓴단 말이냐? 주마다 저 녀석 먹이 값으로 들어가는 돈이 몸값보다 더하단 말이야. 팔래도 사겠다는 사람이 없으니. 거저 데려가겠다는 사람도 없고. 집에서 내쫓아 멋대로 돌아다니게 해야겠다. 그럼 길가의 풀이나 뜯어 먹겠지. 굶어 죽는다면 더 좋고."

그렇게 그 늙은 말은 쫓겨나 불모지나 다름없는 언덕 중턱의 바위 틈새에서 먹이를 찾았다. 병들고 다리마저 절던 말은 먼지투성이의 길을 헤매며 풀잎 하나 엉겅퀴 줄기 하나에도 기끼워했다. 이이들은 돌팔메진을 히고 개들은 으르렁데고 세상에 누구 하나 동정하는 이가 없었다.

어느 무덥던 오후, 말은 거리에 사람이 없는 틈을 타 어슬 렁거리며 시장을 돌아다녔다. 뜨거운 햇볕 때문에 사람들이 모두 집 안으로 들어갔기 때문에 장터엔 아무도 없었다. 불쌍 한 말은 마음대로 돌아다녔다.

그러다가 말은 정의의 종에 매달린 포도넝쿨을 발견했다. 밧줄을 매단 지 얼마 되지 않아 잎과 덩굴손이 아직도 싱싱하 고 푸르렀다. 굶주린 말에게 얼마나 훌륭한 식사인가!

여윈 목을 늘여 한 입, 맛을 보려고 했다. 그러나 덩굴은 쉽 사리 떨어지지 않았다. 녀석이 입 안의 것을 당기자 그 위에 매달린 큰 종이 울리기 시작했다. 아트리의 모든 백성들이 그 소리를 들었다. 종소리는 마치 이렇게 말하는 듯했다.

누군가 내게 나쁜 짓을 했어요!

오! 얼른 판결을 해 주세요!

억울한 일을 당했어요!

재판관들도 그 소리를 들었다. 그들은 법복을 입고 뜨거운 거리를 지나 장터로 갔다. 그들은 이런 날에 종을 친 사람이 누구인지 궁금했다. 그렇지만 문에 들어섰을 때 그들 눈에 보이는 것은 포도넝쿨을 씹고 있는 늙은 말이었다.

"허, 세상에!"

누군가 탄식 소리를 질렀다.

"구두쇠의 말이로군. 저 녀석이 정의로운 판단을 구한단 말이지. 저 녀석의 주인은 모두 알다시피 저 녀석에게 너무 못되게 굴었어."

"저 녀석은 말 못하는 어느 짐승들보다 훌륭한 방법으로 억울함을 호소하는군."

"그렇다면 정당한 대접을 받게 해 줘야지!"

그러는 동안 재판관이 어떤 사건을 판결하는지 보려고 많은 사람들이 장터로 모여들었다. 그들은 말을 보고는 호기심에 차서 모두 조용히 서 있었다. 그러고는 저마다 말이 어떤 모습으로 언덕을 돌아다녔고, 주인이 집에 앉아 금덩이를 세고 있을 때 얼마나 굶주리고 보살핌을 받지 못했는지 증언했다.

"그 구두쇠를 우리 앞에 데려오라."

재판관들이 말했다. 구두쇠가 나타나자, 재판관들은 자리에 서서 판결을 듣게 했다.

"이 말은 오랫동안 그대를 잘 섬겼다. 여러 차례 위험에서 그대의 목숨을 구해 주었다. 그리고 돈을 벌 수 있도록 도와주었다. 그러므로 우리는 다음과 같이 판결한다. 그대는 재산의 절반을 따로 떼어 두어야 한다. 그리고 그 돈은 이 말에게 먹이와 풀을 뜯을 수 있는 목초지, 따뜻하게 지낼 수 있는 마구간을 장만하는 데 써야 한다."

　구두쇠는 고개를 숙이고 재산을 잃게 된 것을 한탄했다. 그러나 사람들은 환성을 질렀고, 말은 오랫동안 맛보지 못했던 성찬을 위해 새 마구간으로 끌려갔다.

23

나폴레옹은 알프스를
어떻게 넘었는가
How Napoleon Crossed the Alps

수백 년 전 프랑스에는 보나파르트 나폴레옹^{Napoleon}이라는 위대한 장군이 살았다. 당시 프랑스는 거의 모든 주변국과 전쟁 중이었다. 그는 군대를 이끌고 이탈리아로 진군하고 싶었다. 그러나 프랑스와 이탈리아 사이에는 알프스가 가로막혀 있었고, 모든 봉우리마다 눈이 쌓여 있었다.

"알프스를 넘을 수 있겠는가?"

나폴레옹이 묻자 길을 찾아 정탐을 다녀왔던 병사들은 모두 고개를 저었다. 그러나 한 병사가 말했다.

"가능할 수도 있습니다. 하지만……."

"더 들을 필요 없다. 가자, 이탈리아로!"

사람들은 육만 명의 군대를 이끌고 실노 없는 알프스를 넘는다는 생각을 비웃었다. 그러나 나폴레옹은 만반의 준비가 끝나자, 곧장 진군 명령을 내렸다.

군인과 말, 대포의 행렬이 삼십 킬로미터나 이어졌다. 그들이 더 나아갈 수 없는 가파른 곳에 이르면 어김없이 트럼펫이 울렸다.

"돌격!"

그러면 모든 병사들은 각자 최선을 다했고, 전군은 계속 똑바로 전진해 나갈 수 있었다. 프랑스 군은 곧 무사히 알프스 정상에 섰다. 그리고 나흘 후 그들은 이탈리아 평원 위를 행진하고 있었다.

나폴레옹은 말했다.

"이기겠다고 결심한 사람들은 결코 '불가능'이라는 말을 하지 않는다!"

| 나폴레옹의 변명 |

'불가능'이란 말을 하지 않는다던 나폴레옹도 실수를 할 때가 있었다.

나폴레옹은 러시아 원정에 앞서 말했다.

"나는 이제 모스크바로 출발한다. 한두 번의 전투로 모든 것이 결정될 것이고 러시아 황제는 내게 무릎을 꿇고 애걸할 것이다."

그러나 그는 참패했고, 그것은 순전히 자신의 실수 때문이었다.

그는 유명한 변명의 말을 했다.

"우리는 겨울 날씨 때문에 참패했다. 날씨가 우리를 파멸로 이끌었다."

'추위'가 심해지기는 했지만 그때의 날씨는 오히려 다른 때에 비해 따뜻한 영상의 기온이었다. 날씨 이전에 그들에게는 이미 참패의 요인이 있었다. 물자가 엄청나게 부족했던 것이다. 말에게 줄 먹이가 없어서 밤마다 수천 마리의 말들이 죽었다.

나폴레옹의 계획이 잘못되어 참패하고 군사들이 퇴각할 즈음 해서야 12월의 추위가 몰려왔다. 귀향한 병사들의 입에서 나온 매서운 추위 이야기가 사람들에게 나폴레옹의 변명을 사실로 받아들이게 했던 것이다.

24

킨키나투스 이야기
The Story of Cincinnatus

　로마 근처의 작은 농장에 킨키나투스^{Cincinnatus}란 사람이 살고 있었다. 그는 한때 재산도 많았고 로마 최고의 직위를 갖고 있었다. 하지만 이런저런 이유로 모든 재산을 잃어버리게 되었다. 그리고 이제는 손수 농장 일을 하며 지냈다.

　킨키나투스는 매우 현명하고 공정했기 때문에 모두가 그를 믿고 조언을 구했다. 사람들은 누군가 곤경에 빠져 어쩔 줄 모르고 있으면 이렇게 말하곤 했다.

　"킨키나투스에게 물어보게. 도와줄 걸세."

　한편 로마 근처 산중에 살던, 한 사납고 야만적인 부족이 로마로 쳐들어오고 있었다. 그들은 용맹한 다른 부족의 용사들을 꾀어 전쟁에 끌어들였다. 그리고 약탈을 자행하며 로마로 진군했다. 그들은 로마의 성벽을 허물고 집을 불 지르고 남자들은 죽이고 여자와 아이는 노예로 삼겠다고 큰소리쳤다.

로마 인들은 자부심이 강하고 용맹했던 터라 처음엔 크게 위협을 느끼지 않았다. 로마 군대는 세계 최강이었기 때문이다. 하지만 성 안에는 여자와 아이들, 그리고 로마의 법을 제정하는 백발의 원로들과 성을 수비하는 작은 부대뿐이었다. 그럼에도 불구하고 모든 시민들은 적들을 산속으로 쫓아 버리는 것이 쉬운 일이라고 믿었다.

그러던 어느 아침, 다섯 명의 말을 탄 병사들이 산길을 달려 내려왔다. 말과 사람이 모두 먼지투성이, 피 칠갑이었다. 성문을 지키던 경비병이 소리쳐 물었다.

"왜 그리 서두르느냐? 로마 군에 무슨 일이 생긴 거냐?"

그들은 대답도 하지 않고 성 안으로 들어가 적막한 거리로 내달았다. 모두들 무슨 일인지 궁금하여, 그들을 뒤쫓아 달렸다. 병사들은 곧 원로들이 있는 장터에 다다랐다. 그러고는 말에서 뛰어내려 전황을 보고했다.

"어제 우리 부대는 가파른 두 개의 산 사이로 난 협곡을 지나갔습니다. 돌연히 머리 위쪽과 앞에서 수천 명의 야만인들이 튀어나왔어요. 우리 길을 막은 겁니다. 하지만 길이 좁아 싸울 수도 없었습니다. 후퇴하려고 했지만 퇴로도 차단당했습니다. 흉맹한 산사람들이
앞뒤를 막았고, 위에서 바
위를 굴렸습니다. 함정에
빠진 것입니다. 그래서 열
명이서 박차를 가하며 탈출
을 시도했습니다. 우리 다
섯은 길을 열었지만 다섯은
산족의 창에 쓰러졌습니다.

원로들이시여! 당장 지원군을 보내 주십시오. 그러지 않으면
병사들이 모두 몰살당하고 로마도 함락될 것입니다."

"어떻게 한단 말인가?"

백발의 원로들이 말했다.

"보낼 수 있는 병사라고는 수비군들과 소년들뿐이 아닌가?
그들을 탁월하게 지휘해 로마를 구할 수 있는 사람이 누가 있
단 말인가?"

모두들 고개를 떨구고 침통해 했다. 희망이 없었다. 그러다
누군가가 외쳤다.

"킨키나투스를 불러라. 우릴 도와줄 것이다."

몇몇 사람들이, 서둘러 로마로 오라는 전갈을 들고 킨키나
투스를 찾았을 때 그는 밭을 갈고 있었다. 그는 곧 일을 멈추
고 그들을 친절히 맞았다. 그리고 그들의 얘기를 기다렸다.

"망토를 걸치시오, 킨키나투스. 그리고 로마 사람들의 전갈을 들으시오."

킨키나투스가 무슨 일인가 의아해 하며 물었다.

"로마는 별일 없는가?"

그는 부인을 불러 망토를 가져오게 했다. 망토를 가져오자, 그는 손과 팔의 먼지를 털고 망토를 어깨에 걸쳤다. 그러자 로마 사람들은 먼저 로마의 정예군이 산길에서 고스란히 포위되었으며 로마가 큰 위기에 처했다는 소식을 전했다.

"로마 시민들은 당신을 로마의 통치자로 선출하여 전권을 맡겼습니다. 그리고 원로들은 당신이 당장 로마로 와서 우리의 적, 저 흉맹한 산족과 맞서 싸워 주기를 바라고 있습니다."

킨키나투스는 그 자리에 삽을 버려 두고 곧장 로마로 달려갔다. 그리고 거리를 지나며, 할 일을 지시했다.

사람들은 그가 로마를 좌우할 전권을 가졌다는 사실 때문에 걱정을 하기도 했다. 이에 아랑곳하지 않고 그는 앞장서서, 흉포한 산족에게 포위된 채 고투하고 있는 로마 군을 구하러 출병했다.

며칠 후 로마는 큰 기쁨을 맞았다. 킨키나투스가 좋은 소식을 가져온 것이다. 마침내 산족들은 큰 손실을 입고 쫓겨났다. 로마 군은 함성과 함께 깃발을 휘날리며 개선하고 있었다. 그리고 선두에는 킨키나투스가 말을 타고 있었다. 그가 로마를 구한 것이나.

원한다면 킨키나투스는 왕이 될 수 있었다. 그의 말은 곧 법이었고, 아무도 감히 그에게 손가락질하지 못했다. 하지만 그는 사람들이 그에게 감사의 뜻을 전하기도 전에 모든 권한을 백발의 로마 원로들에게 돌려주고, 다시 그 작은 농장으로 돌아갔다.

그는 십육 일 동안 로마를 통치했다.

25

레굴루스 이야기

The Story of Regulus

옛날 로마 바다 건너에 카르타고라는 큰 도시가 있었다. 로마와 카르타고는 사이가 좋지 않아 마침내 두 나라 사이에 전쟁이 시작됐다. 오랫동안 두 나라는 우열을 가리기가 어려웠다. 로마가 이기면 다음에는 카르타고가 승리를 거두었고 카르타고가 이기면 다음에는 로마가 이기는 식으로 전쟁은 수 년 동안 지속되었다.

로마 인 중에 레굴루스^{Regulus}라는 용감한 장군이 있었다. 그는 절대로 약속을 어기지 않는 사람이었다. 전쟁이 터지고 얼마 후 레굴루스는 포로가 되어 카르타고로 끌려갔다.

그는 외롭고 병들어 바다 건너 멀리에 있는 아내와 아이들의 꿈을 꾸었다. 그러나 그들을 다시 보겠다는 희망을 품지는 않았다. 가족들을 사랑했지만 그에게는 조국에 대한 의무가 우선이었기 때문이다. 그렇기 때문에 모든 것을 떠나 이 참혹한 전쟁터에서 싸웠던 것이다.

그는 전투에서 졌고 포로가 되었다. 그렇지만 카르타고 인들은 로마가 세력을 넓혀 가고 있고, 결국에는 자신들이 지게 될 것이라고 생각하고 있었다. 그들은 병사들을 보충하기 위해 다른 나라에서 용병을 사 왔지만, 그런 식으로는 오래 버틸 수 없었다.

하루는 카르타고의 몇몇 유력자들이 레굴루스와 협상을 하기 위해 감옥으로 찾아왔다.

"우리는 로마와 화친을 맺고 싶소. 당신네 통치자들도 전황을 알면 우리와 화친을 맺으려 할 거요. 우리가 시키는 대로 하면 집에 돌아갈 수 있도록 당신을 석방해 주겠소."

"그게 뭡니까?"

"우선 로마 사람들에게 당신이 패했던 전투에 대해 얘기해 주시오. 전쟁으로는 아무것도 얻지 못한다는 것을 인식시키는 것이오. 둘째로 로마 사람들이 화친을 거절하면 감옥으로 다시 돌아오겠다고 약속을 해야 하오."

"좋소. 우리 통치자들이 화친을 맺지 않겠다고 한다면 이 감옥으로 돌아올 것을 약속하겠소."

그들은 레굴루스를 보내 주었다. 위대한 로마 인은 자신의 약속을 지킨다는 것을 알고 있었기 때문이다.

그가 로마로 돌아오자 모두 그를 환영했다. 부인과 아이들은 다시 헤어질 거라고는 생각도 못하고 매우 기뻐했다. 로마의 법을 관장하는 백발의 원로들도 모두 기뻐하며 그를 만나러 왔다.

하지만 레굴루스는 이렇게 말했다.

"저는 화해를 주선해 달라는 카르타고 인들의 부탁을 받았습니다. 하지만 전혀 그럴 필요가 없습니다. 우리가 몇 차례 싸움에서 졌던 것은 맞습니다. 그러나 우리 군대는 하루하루 세를 넓혀 가고 있습니다. 카르타고 인들은 두려워하고 있습니다. 당연한 일이죠. 아직 전쟁을 끝내서는 안 됩니다. 카르타고는 곧 우리 땅이 될 것입니다. 저는 처자식과 로마 시민들에게 작별인사를 하러 왔습니다. 그리고 내일 카르타고의 감옥으로 돌아갈 것입니다. 약속을 했기 때문입니다."

원로들은 그를 설득하려고 했다.

"그대 대신 다른 사람을 보내도록 합시다."

"로마 인의 약속을 어기게 만들 셈이십니까? 저는 병들었습니다. 오래 살지 못해요. 약속대로 돌아가겠습니다."

아내와 자식들은 흐느껴 울면서 가지 말라고 애원했다.

"나는 이미 그들에게 약속했다. 너희들은 나라에서 돌봐줄

짓이다."

　레굴루스는 가족들과 작별하고 용감하게 감옥으로 돌아갔다. 그리고 예상했던 대로 비참하게 죽었다. 그렇지만 이런 용기가 있었기 때문에 로마는 세계에서 가장 위대한 도시가 될 수 있었던 것이다.

코르넬리아의 보석
Cornelias's Jewels

지금으로부터 수천 년 전 옛 도시 로마의 어느 화창한 아침이었다. 어느 아름다운 정원, 포도넝쿨로 덮인 정자에 두 아이가 서 있었다. 아이들은 꽃과 나무 사이를 거닐고 있는 어머니와 어머니의 친구를 바라보고 있었다.

키가 큰 형의 손을 잡고 있던 동생이 물었다.

"엄마 친구처럼 예쁜 부인을 본 적 있어? 여왕님 같잖아."

형이 대답했다.

"그래도 우리 엄마만큼 예쁘지는 않아. 멋진 옷을 입은 건 사실이지만, 기품도 없고 상냥한 얼굴이 아니야. 오히려 엄마가 더 여왕 같아."

Cornelias's Jewels

112

동생이 맞장구를 쳤다.

"맞아. 사랑하는 우리 엄마가 이 로마에서 제일 여왕 같은 분이야."

이윽고 어머니 코르넬리아가 걸어 내려와 아이들에게 말을 건넸다. 그녀는 긴 흰색 외투를 걸친 소박한 차림이었다. 풍습에 따라 팔과 다리는 맨살이 드러나 있었지만, 손과 목에는 반짝이는 반지나 목걸이가 하나도 없었다. 치장이라고 해봐야 고작 연한 갈색 머리를 길게 땋아 감아 올린 것이 전부였다.

의젓한 두 아들의 눈을 바라보던 코르넬리아의 고상한 얼굴에 부드러운 미소가 번졌다.

"얘들아! 엄마가 할 말이 있단다."

그러자 아이들은 고개를 숙여 인사한 후 물었다.

"무슨 일이세요, 어머니?"

"오늘은 이 정원에서 함께 식사를 하자꾸나. 식사가 끝나면 엄마의 친구 분께서 너희도 자주 들었던 그 멋진 보석함을 구경시켜 주시겠단다."

형제는 수줍은 듯 어머니의 친구를 바라보았다. 손가락에 낀 것도 모자라 보여 줄 반지가 더 있다는 걸까? 목 둘레에서 반짝거리고 있는 것 말고도 정말 또 다른 보석을 갖고 있을까?

간단한 식사가 끝나자 하인이 보석함을 갖고 나왔다. 부인이 보석함을 열었다. 호기심에 찬 소년들의 눈이 얼마나 눈부셨을까? 보석함 안에는 우유처럼 희고 비단처럼 부드러운 진주 목걸이가 있었다. 그리고 달아오른 석탄처럼 붉게 빛나는 루비와 여름의 하늘처럼 파란 사파이어, 태양처럼 빛나는 다이아몬드가 잔뜩 들어 있었다.

형제는 한동안 넋을 잃고 보석을 구경했다. 동생이 속삭이듯 말했다.

"아! 우리 엄마도 저 아름다운 보석을 가질 수 있다면!"

이윽고 보석함의 뚜껑을 닫은 친구가 물었다.

"코르넬리아, 당신은 정말 보석을 하나도 갖고 있지 않아요? 다른 사람들이 당신이 가난하다고 수군대는 얘기를 들었는데, 그게 사실인가요?"

"아니에요, 전 가난하지 않답니다."

코르넬리아는 대답과 함께 두 아들을 끌어안았다.

"여기 아이들이 제 보석이기 때문이죠. 이 아이들은 당신이 가진 어떤 보석보다 훨씬 소중하답니다."

아이들은 이런 어머니의 긍지와 사랑과 보살핌을 결코 잊지 않을 것이다. 그리고 후에 그들이 로마의 위대한 정치가 그라쿠스 형제로 거듭났을 때, 두 사람은 정원에서 있었던 일을 종종 떠올렸으리라.

| 코르넬리아 |

현명한 어머니가 훌륭한 자식을 만든다.

로마 개혁가 스키피오의 둘째딸이자 티베리우스 그라쿠스의 아내였던 코르넬리아는 현모양처의 전형으로 추앙되는 여성이다. 남편이 죽은 뒤에도 재혼하지 않고 집안을 지키며 두 아들을 유명한 정치가인 그라쿠스 형제로 만들었다. 그라쿠스의 뛰어난 자질과 열정적인 개혁은 그녀의 감화에 의한 것이라고 한다.

형 티베리우스(기원전 162~기원전 133)는 대토지 소유 제한과 재분배를 통한 자작농의 창설을 꾀하다가 보수파에게 암살당했고, 동생 가이우스(기원전 153~기원전 121)는 형의 뜻을 이어받아 곡물법, 토지법, 재판법, 시민권법 등 개혁 입법을 시행하였다.

코르넬리아의 보석

27

안드로클루스와 사자
Androclus and the Lion

옛날 로마에 안드로클루스^{Androclus}라는 불쌍한 노예가 살고 있었다. 그는 잔인한 주인의 학대를 견디다 못해 결국 도망을 치게 되었다. 그리고 여러 날을 울창한 숲 속에서 혼자 숨어 지냈다. 그러나 먹을 것을 구하지 못해 점점 쇠약해졌고 병까지 들었다.

그러던 어느 날 그는 한 동굴 속으로 기어 들어가 누웠다가 이내 곤한 잠에 빠져 버렸다. 얼마 후 그는 엄청난 소리에 놀라 잠에서 깼다. 사자 한 마리가 동굴로 들어와 큰 소리로 으르렁대고 있었던 것이다. 이젠 꼼짝없이 죽겠구나 생각한 안드로클루스는 매우 겁이 났다. 하지만 그는 곧 사자가 화난 것이 아니라, 발을 다치기라도 했는지 아픔에 괴로워하고 있다는 것을 알아차렸다.

안드로클루스는 용기를 내어 절고 있는 사자의 발을 들어 이리저리 살펴보았다. 사자는 얌전히 서서 그의 어깨에 머리를 비볐다. 마치 이렇게 말하는 것 같았다.

"틀림없이 날 도와줄 거라 믿어요."

사자의 발을 살피던 안드로클루스는 길고 날카로운 가시가 박혀 있는 것을 발견했다. 그는 가시의 한쪽 끝을 잡은 다음 순간적으로 힘차게 당겨 빼냈다. 사자는 강아지처럼 깡충깡충 뛰며 새로 사귄 친구의 손발을 핥아 댔다.

이 일이 있은 뒤 안드로클루스는 사자를 무서워하지 않았다. 사자는 그에게 매일 먹을 것을 가져다 주었고, 밤에는 나란히 누워 잤다. 둘은 좋은 친구가 되었고 안드로클루스는 이런 새로운 생활이 행복했다.

그러던 어느 날 안드로클루스는 숲을 지나가던 병사들에게 발견되어 로마로 압송되었다. 당시 도망친 노예는 굶주린 사자와 싸우게 하는 것이 법이었다. 그래서 안드로클루스도 꼼짝없이 굶주린 사자와 싸울 날만을 기다리게 되었다.

수천 명의 구경꾼들이 몰려들었다. 당시 사람들은 그런 구경을 오늘날의 서커스나 야구처럼 즐겼다.

문이 열리고 가엾은 안드로클루스가 끌려 나왔다. 이미 사

자의 포효하는 소리를 들었던 터라, 그는 겁에 질려 초죽음이 되어 있었다. 그를 둘러싼 수천의 얼굴에서는 동정의 기색이라고는 전혀 찾아볼 수 없었다.

그때 굶주린 사자가 뛰어들어 왔다. 놈은 한달음에 그 불쌍한 노예가 서 있는 곳까지 왔다. 안드로클루스는 비명을 질렀다. 그렇지만 그것은 공포가 아닌 기쁨의 함성이었다. 사자는 다름 아닌 그의 오랜 친구인 동굴 속의 사자였던 것이다.

안드로클루스가 사자에게 잡아먹히는 것을 구경하려고 모였던 구경꾼들은 어리둥절할 뿐이었다. 그들이 목격한 것은 안드로클루스가 두 팔로 사자의 목을 껴안고, 사자는 그의 발 아래 누워 발을 핥는 장면이었다. 마치 쓰다듬어 달라는 듯 거대한 맹수는 노예의 어깨에 머리를 비비고 있었다.

구경꾼들은 어찌 된 영문인지 궁금해 했다. 안드로클루스는 사자의 목을 껴안은 채로 맹수와 함께 살았던 일을 이야기해 주었다.

"나는 인간입니다. 그러나 어떤 인간도 내게 다정하게 대해 주지 않았습니다. 이 가엾은 사자만이 내 친구가 되어 주었습니다. 우리는 서로 형제처럼 사랑했습니다."

그의 솔직한 이야기가 사람들의 마음을 움직였다.

"자유롭게 살려 주자!"

"사자도 함께 풀어 주어라! 둘 다 자유를 주어라!"

안드로클루스는 노예에서 해방되었고, 사자는 그가 갖게 되었다. 그리고 둘은 로마에서 오랫동안 함께 살았다.

28

다리 위의 호라티우스

Horatius at the Bridge

옛날 로마와 티베르 강 건너에 살던 에트루리아 사이에 전쟁이 일어났다. 에트루리아의 왕 포르시나는 큰 군대를 일으켜 로마로 진군했다. 당시 로마 군대는 에트루리아와 맞설 만큼 강하지 않았기 때문에 성으로 들어오는 길목마다 경계병을 두었다.

어느 날 아침 포르시나 군대가 북쪽 언덕을 넘어 쳐들어오는 것이 보였다. 수천 명의 기병과 보병으로 이루어진 그들은 강에 놓인 목조 다리를 향해 곧장 진군해 왔다.

"어떡하지?"

로마의 법을 관장하던 백발의 원로들이 말했다.

"일단 저들에게 다리를 뺏기년 우리는 저들을 막을 힘이 없어. 그럼 이 로마는 대체 어떻게 해야 한단 말인가?"

다리를 지키던 수비병 중에 호라티우스라는 용감한 이가 있었다. 그는 강 너머로 나가 있었는데, 에트루리아 군이 가까이 접근해 오자 뒤쪽의 로마 사람들에게 외쳤다.

"최대한 빨리 다리를 끊으시오! 나는 옆의 두 사람과 함께 적을 저지해 보겠소!"

세 명의 용사들은 방패로 앞을 가리고 긴 창을 손에 쥔 채 포르시나 기병들과 맞섰다.

다리 위에 있던 로마 인들은 대들보와 기둥을 잘랐다. 도끼 소리가 울리면서 나무토막들이 사방으로 튀었다. 다리는 이내 흔들거리며 무너지려 했다.

"돌아와! 목숨이 위험하다!"

로마 사람들은 호라티우스와 두 용사를 향해 소리쳤다.

바로 그때 포르시나 기병들이 돌진해 왔다.

"얼른 달아나시오!"

호라티우스가 전우들에게 말했다.

"이 길은 내가 맡겠소."

그들은 몸을 돌려 다리를 향해 뛰었다. 그들이 건너편에 닿자마자 대들보와 목재들이 무너져 내렸다. 다리는 한쪽으로 휘청거리더니 마침내 요란한 소리와 함께 무너져 내렸다.

호라티우스는 그 소리를 들으며 이제는 로마가 안전해졌다고 생각했다. 그는 여전히 포르시나 군인들을 쳐다보며 강둑을 향해 서서히 뒷걸음쳤다.

포르시나 병사들이 쏜 화살에 한쪽 눈을 잃었지만, 호라티우스는 쓰러지지 않았다. 그는 맨 앞의 기병을 향해 창을 던졌다. 그리고 재빨리 돌아섰다. 그는 강 건너 나무들 사이로 자기 집의 하얀색 현관을 보았다.

그는 로마의 성벽을 끼고 흐르는

숭고한 강에 고했도다.

'로마 인들의 기원을 들어주시는,

오, 티베르여! 아버지 티베르 강이여!

여기 한 로마 인의 생명을, 로마의 군인을,

오늘 그대의 품에 맡기나이다.'

그는 깊고 빠른 물살 속으로 뛰어들었다. 여전히 무거운 갑옷을 입은 채였다. 어느 누구도 그를 다시 볼 수 있을 거라고 생각하지 않았다. 하지만 그는 힘이 셌고, 로마 최고의 수영 실력을 갖고 있었다. 그가 수면 위로 떠올랐을 때는 이미 강을 반이나 건넌 상태였다. 포르시나 병사들이 던지는 창과 화살도 이제 아무런 소용이 없었다.

그가 강둑을 기어오르는 동안 한성이 끊이지 않았다. 포르시나 병사들도 예외가 아니었다. 그들 역시 호라티우스만큼 용감한 사람을 본 적이 없었기 때문이다.

사람들은 그를 호라티우스 코클레스, 즉 '애꾸눈 호라티우스'라고 부르며 감사했다. 로마에는 그를 기리는 동상이 세워졌고, 그에게는 경작을 하려면 하루 온종일이 걸릴 만큼의 땅이 내려졌다.

그리하여 그 후로 수백 년 동안

울고 웃으며,

사람들은 여전히 노래했다네.

호라티우스가 얼마나 훌륭하게 다리를 지켜 냈는지

그 옛날 용사의 시대에.

29

율리우스 카이사르
Julius Caesar

2천 년 전 로마에는 율리우스 카이사르라는 사람이 살았다. 그는 가장 위대한 로마 인으로 꼽히는 사람이다.

그는 용맹한 군인으로, 로마를 위해 많은 나라를 정복했다. 또 현명하고 민첩하여 사람들로 하여금 자신을 사랑하게 하는 동시에 경외하도록 만드는 법을 알고 있었다.

언젠가 카이사르가 작은 시골 마을을 지나가고 있었다. 마을 사람들이 모두 나와 구경을 했다. 동네 사람 전부라야 오십 명을 넘지 못했지만 그들을 이끄는 촌장은 사람들 하나하나에게 할 일을 알려 주고 있었다.

이 순박한 사람들은 길가에 서서 카이사르 일행을 구경했다. 촌장은 매우 자부심이 강하고 행복해 보였다. 그것은 바로 그가 통치자였기 때문이 아니었을까? 어쨌든 촌장은 자기가 카이사르만큼이나 대단한 사람이라고 생각하고 있었다.

카이사르 곁에 있던 몇몇 장교들이 비웃었다.

"대장이랍시고 거들먹대는 꼴을 좀 보세요!"

하지만 카이사르는 말했다.

"그대들은 비웃을 테지만 저 친구는 긍지를 가질 만한 이유가 있어. 나도 로마에서 이인자가 되느니, 차라리 이런 마을의 우두머리가 되겠네!"

또 한번은 카이사르가 탄 배가 좁은 해협을 건너고 있었다. 멀리 건너편 기슭 절반쯤 갔을 때 갑자기 폭풍우가 몰아쳤다. 바람이 거세지고 높은 파도가 일렁였다. 번갯불이 번쩍이고 천둥이 쳤다. 그 작은 배는 금방이라도 가라앉을 것 같았다. 선장은 완전히 겁에 질려 떠느라 배를 몰지 못했다.

그는 주저앉아 탄식했다.

"모두 끝났어. 끝장이야."

그러나 카이사르는 두려워하지 않았다. 그는 선장을 일으켜 세우고, 다시 노를 잡으라고 명령했다.

"뭐가 그리 겁나느냐? 이 배는 절대로 침몰하지 않을 것이다. 바로 이 카이사르가 타고 있기 때문이다!"

| 율리우스 카이사르 |

로마의 장군이자 정치가로 기원전 60년에 폼페이우스, 크라수스와 함께 원로파를 누르고, 제1차 삼두동맹을 맺어 최고 관직인 집정관이 되었다. 이어 갈리아와 게르마니아 등에 원정하여 로마의 영토를 넓히고 크게 이름을 떨쳤다. 기원전 48년에 폼페이우스를 무찌르고, 이어 이집트를 공격하여 남은 경쟁자들을 물리치고 권력을 잡았다. 그는 독재정치를 했지만, 빈민에게 토지를 나누어 주고 태양력을 만들었으며, 정치를 바로잡는 등 여러 가지 개혁을 실시하였다. 기원전 44년 3월 15일에 브루투스, 카시우스 등 공화파에게 암살당했다. 그가 쓴 『갈리아 전기』, 『내란기』 등은 역사상 중요한 기록으로 평가된다.

카이사르가 남긴 유명한 말이 있다.

"브루투스, 너마저!"(셰익스피어의 희곡 『율리우스 카이사르』 3막 1장)

이 말은 카이사르와 그가 가장 아끼던 브루투스Marcus Junius Brutus 사이에서 유래된 말로, 황제가 되려고 하는 카이사르의 야심을 알아차린 브루투스가 카시우스와 함께 기원전 44년 3월 15일 카이사르를 암살하였다. 카이사르는 암살당하기 직전, 반란군들의 무리 속에 평소에 아들처럼 아끼던 브루투스가 끼어 있는 것을 보고, 옷자락을 가린 채 "브루투스 너마저(Et tu brute)!"라는 말을 남기며, 그의 칼에 찔렸다.

원래 로마의 문학가 스에토니우스의 『12황제전』에 나오는 말인데, 셰익스피어의 희곡으로 유명해졌다.

30

다모클레스의 칼
The Sword of Damocles

옛날에 디오니시오스라는 왕이 있었다. 그는 매우 부조리하고 잔인한 폭군이었다. 그는 모든 사람들이 자신을 미워한다는 것을 알고 있었기 때문에 누군가가 항상 자신의 생명을 노리고 있지는 않을까 두려워했다.

하지만 그는 대단한 부자였다. 그의 궁전에는 아름답고 값진 물건들이 넘쳤고, 그의 명령을 수행할 하인들이 항시 대기하고 있었다.

하루는 다모클레스라는 사람이 찾아와 말했다.

"얼마나 행복하시겠습니까! 왕께서는 누구나 바라는 것을 모두 갖고 계시니 말입니다."

"내 자리에 앉고 싶은 모양이
지?"

"아니, 그건 아니올시다. 왕
이시여! 다만 저는 단 하루만
이라도 폐하의 부와 쾌락을
누릴 수 있다면 무엇을 더
바라겠느냐고 생각했을 뿐입
니다."

"좋네, 그럼 그렇게 해 주지."

그리하여 다음날 다모클레스는 궁
으로 인도되었다. 하인들에게는 그를 주인으로 모시라는 명
이 내려졌다. 다모클레스가 자리에 앉자 풍성한 음식이 차려
졌다. 그에게 즐거움을 줄 수 있는 것이라면 어느 것 하나 부
족함 없이 갖추어져 있었다. 비싼 술과 예쁜 꽃, 진귀한 향수,
흥겨운 음악.

그는 푹신한 방석에 기대어, 자신이 이 세상에서 가장 행복
한 사람이라고 생각했다. 그러다가 우연히 천장을 바라보게
되었다. 머리 위에 매달려 있는 것이 과연 무엇이란 말인가?
더구나 그 예리한 끝이 거의 머리에 닿을 듯하지 않은가?

그것은 뾰족한 칼이었다. 그리고 그 칼은 단 한 가닥의 말
총에 매달려 있었다. 그 털이 끊어지면 어떻게 될까? 그것은

언제든지 실천 가능한 위험이었다.

다모클레스의 입가에서 미소가 사라졌다. 그의 표정은 잿빛으로 변했다. 손이 떨렸다. 이젠 음식도 싫었다. 더 이상 술도 필요하지 않았다. 음악도 더는 즐겁지가 않았다. 얼른 이 궁을 빠져나가, 어디로든 달아나고 싶은 생각뿐이었다.

"뭐가 잘못되었나?"

폭군이 물었다.

"저 칼! 저 칼!"

다모클레스는 소리쳤다. 그는 완전히 넋이 나가 움직일 생각도 못했다.

"그래. 자네 머리 위에 있는 칼이 언제 떨어질지 모른다는 건 나도 아네. 하지만 그것이 뭐가 그리 대수로운가? 내 머리 위에는 항상 칼이 매달려 있단 말일세. 나는 매 순간 언제 죽을지 모른다는 두려움 속에 산다네."

"보내 주십시오. 이제야 제 생각이 잘못되었음을 알았습니다. 부자나 권력자가 보이는 것처럼 행복하지 않다는 것을 말입니다. 산골짜기의 작고 초라한 내 낡은 집으로 돌아갈 수 있도록 허락해 주십시오."

그는 그 후로 평생 동안 부자가 되고 싶다든가, 잠깐이라도 왕이 되고 싶다든가 하는 생각을 하지 않게 되었다.

| 다모클레스의 칼 |

이와 비슷한 주제를 다룬 이야기로 영국의 민속학자 프레이저의 명저 『황금가지』 속에 있는 '죽음의 숲의 사제(司祭)'를 들 수 있다. '죽음의 숲'은 금기의 지역으로, 이곳으로 도망친 노예는 노예의 신분을 면할 수 있었다. 그러나 그곳에는 이미 지난날의 노예였던 '죽음의 숲의 사제'가 존재한다. 따라서 나중에 온 노예는 그 사제를 죽이고, 스스로 사제가 되어야만 살아남을 수 있었다. 그렇지 않고는 숲에 머물 수 없었던 것이다. 이는 권력의 자리를 중심으로 한 피비린내 나는 투쟁을 상징한 것이다.

미국의 전 대통령 케네디는 언젠가의 연설에서, 인류의 핵무기를 다모클레스의 칼에 비유했다. 말하자면, 인류의 운명이 핵 단추 하나에 달려 있다는 의미이다.

물론 핵무기라고 하는 '칼'의 배경에는 세계의 권력을 중심으로 한 강대국의 암투가 도사리고 있다.

그런데 아이러니하게도 케네디 자신은 핵무기와는 거리가 먼 한 발의 총탄으로 죽었다. '미국의 대통령'이라는 권좌의 머리 위에도 또 하나의 '다모클레스의 칼'이 걸려 있었다는 사실을 증명한 셈이다.

31

다몬과 피디아스

Damon and Pythias

어느 날 피디아스라는 청년이 디오니시우스가 싫어하는 일을 했다. 이 죄목으로 그는 감옥으로 끌려갔고 곧 처형 날짜가 정해졌다. 그는 죽기 전에 먼 곳에 계신 부모님과 친구들을 꼭 만나고 싶었다.

"고향에 가서 사랑하는 이들과 작별을 나눌 수 있도록 잠시만 풀어 주십시오. 돌아와서 목숨을 내놓겠습니다."

하지만 폭군은 비웃었다.

"네 약속을 어떻게 믿을 수 있겠느냐. 그대는 나를 속여 목숨을 부지하려는 것뿐이다."

그때 다몬이라는 청년이 말했다.

"오, 왕이시여! 저를 소중한 벗 피디아스 대신 가두고, 그가 고향에 돌아가 주변 일을 정리하고 친구들과 작별 인사를 할 수 있도록 허락해 주소서. 저는 피디아스가 약속대로 돌아올 것을 믿습니다. 그는 단 한 번도 자기 말을 어긴 적이 없는 사람입니다. 하지만 그가 왕께서 정한 날까지 이곳에 당도하지 않는다면 그때는 제가 대신 죽겠나이다."

폭군은 무척 놀라운 제안이라고 생각했다. 그래서 피디아스를 보내 주고, 대신 다몬을 감옥에 가두었다.

시간이 흐르고 차츰 처형 날이 다가왔지만 피디아스는 돌아오지 않았다. 폭군은 다몬이 탈출하지 못하게 철저히 감시하라고 명령했다. 하지만 다몬은 탈출하려고 하지 않았다. 그는 여전히 친구의 신의와 명예를 철석같이 믿고 있었다.

"피디아스가 제시간에 돌아오지 못한다 해도, 그의 잘못이 아닐 것이다. 틀림없이 어쩔 수 없는 사정이 있기 때문이리라."

마침내 그날이 되었다. 다몬은 죽을 각오가 되어 있었다. 친구에 대한 믿음은 어느 때보다 확고했다. 그는 사랑하는 벗을 위한 일이라면 어떤 고통도 달갑게 받아들이겠다고 말했다.

그를 사형장으로 데려가기 위해 간수가 들어왔다. 바로 그 순간 피디아스가 문 앞에 도착했다. 그는 폭풍으로 난파당해 지체되었지만 친구를 위해 서둘러 왔던 것이다.

그는 다몬을 보고 밝게 웃었다. 마지막 순간이기는 했지만 제시간에 도착한 것이 무척 기뻤다.

이 모습을 본 폭군은 다몬과 피디아스처럼 서로 믿고 사랑하는 사람들이 부당하게 고통받아서는 안 된다고 생각했다.

그는 두 사람을 모두 풀어 준 후 이렇게 말했다.

"저런 친구가 있다면 기꺼이 내 모든 재산을 줄 수도 있을 텐데."

32

라코니아식 대답

A Laconic Answer

옛날 그리스는 로마처럼 통일되지 않은 채 몇몇 국가로 나누어져 각 나라마다 통치자가 있었다.

그리스 남쪽에는 스파르타 사람들이 살고 있었다. 그들은 단순한 생활과 용맹함으로 이름이 높았다. 그들이 살던 땅은 '소박한 사람들이 사는 땅'이라는 뜻의 라코니아라고 불렸으며 그들은 '라콘 사람'이라 불렸다.

스파르타 인들에게는 한 가지 독특한 규칙이 있었다. 말은 간단히 해야 하고, 필요 이상의 단어를 써서는 안 된다는 것이었다. 그리고 대답이 짧을수록 라콘 족답다는 말을 들었다. 다시 말하면 라콘 사람들에게는 그 같은 짧은 대답이 바람직

한 대답으로 간주된다는 뜻이다.

한편 그리스 북쪽에는 필립 왕이 다스리는 마케도니아가 있었다. 필립은 그리스 전체의 주인이 되고 싶은 욕심에 대군을 일으켰고 거의 모든 국가가 무릎을 꿇을 때까지 전쟁은 계속됐다. 마침내 그는 라코니아의 스파르타 인들에게 한 장의 편지를 보냈다.

"만약 짐이 그대들의 나라로 내려가면 큰 도시가 벌판으로 변하리라."

며칠 후 답장이 왔다. 편지를 열자 그 안에는 딱 한 마디 말밖에 적혀 있지 않았다.

"만약."

자세히 말하면 이런 뜻이다.

"그대의 길에 '만약'이라는 한 마디가 버티고 있는 한 우리는 그대가 두렵지 않다."

33

배은망덕한 손님
The Ungrateful Guest

필립 왕의 병사들 중 가난했지만 용맹한 행동으로 이름을 떨친 남자가 있었다. 왕은 그런 그를 대단히 신뢰했다.

하루는 이 병사가 배를 타고 가다가 심한 폭풍우를 만났다. 배는 폭풍에 떠밀려 좌초되었다. 그는 거의 빈사 상태로 해안으로 떠밀려 왔다. 인근의 농부가 보살펴 주지 않았다면 그는 아마 죽었을 것이다. 집에 돌아갈 수 있을 만큼 건강이 회복되자 그는 농부의 보살핌에 감사를 표하고, 반드시 은혜를 갚겠다고 약속했다.

하지만 약속을 지킬 생각은 없었다. 그는 왕에게 목숨을 구해 준 농부 얘기는 전혀 하지 않았다. 그 대신 해변에 있는 홀

륭한 농장을 갖고 싶다고 말했다.

"지금 그것이 누구의 것이냐?"

필립 왕이 물었다.

"나라를 위해서는 아무것도 하지 않은 욕심쟁이 농부입니다."

"좋다. 오랫동안 나에게 봉사했으니 내가 그대의 소원을 이루어 주겠다. 가서 그 농장을 차지하라."

병사는 재빨리 농부를 몰아내고는 농장을 차지해 버렸다.

불쌍한 농부는 병사의 이런 행동이 사무치게 분했다. 그래서 그는 왕에게 찾아가 처음부터 끝까지 자초지종을 이야기했다.

필립 왕은 믿었던 사람이 그토록 비열한 짓을 했다는 것을 알고는 무척 화가 났다. 왕은 곧장 사람을 보내 그 병사를 불렀다. 그리고 그가 도착하자 그의 이마에 이런 낙인을 찍게 했다.

배은망덕한 손님

이리하여 병사의 비열한 행위가 온 세상에 알려지게 되었다. 그리고 그는 그날부터 죽는 날까지, 모든 사람들의 미움과 따돌림을 받았다.

34

알렉산더와 부케팔루스
Alexander and Bucephalus

어느 날 필립 왕은 부케팔루스라는 혈통이 좋은 명마를 샀다. 하지만 부케팔루스는 너무 사납고 난폭해서 아무도 그 등에 올라가지 못했고 더구나 그 말을 타고 뭔가를 한다는 것은 생각할 수도 없었다.

매질도 해봤지만 말은 더 사나워질 뿐이었다. 결국 왕은 말을 내쫓아 버리라고 명령했다. 그때 젊은 왕자 알렉산더 Alexander가 말했다.

"저런 명마를 버린다는 것은 안타까운 일입니다. 저들은 말을 길들일 줄 몰라요."

"네가 저들보다 더 잘한다는 것이냐?"

"허락만 해 주신다면 저 말을 누구보다 잘 길들일 수 있습니다."

"그럼 실패할 때는 어떻게 하겠느냐?"

"제가 말 값을 부왕께 드리겠나이다."

모든 사람들의 웃음을 뒤로 하고 알렉산더는 부케팔루스에게 달려갔다. 그는 말 머리가 해를 향하도록 했다. 말은 자기 그림자를 무서워한다는 것을 알고 있었기 때문이다.

그는 부드럽게 이야기하며 말을 가볍게 다독거렸다. 그리고 기세가 약간 누그러지자 재빨리 말 등으로 뛰어올랐다.

모두들 이제는 왕자가 죽었다고 생각했다. 하지만 그는 말 등을 지키며 말이 빨리 달리도록 내버려 두고 있었다. 이윽고 부케팔루스가 지치자 알렉산더는 말의 속도를 늦추고 아버지가 서 있는 곳으로 되돌아왔다.

그토록 어린아이가 말의 주인이 되었음을 증명하자 그 자리에 있던 모든 이들이 환성을 질렀다. 알렉산더가 말에서 내리자 왕이 달려와 키스했다.

"아들아. 네게는 이 마케도니아가 너무 작구나. 넌 반드시 네게 어울리는 큰 왕국을 이루도록 해라."

그 후로 알렉산더와 부케팔루스는 최고의 단짝이 되었다. 둘은 늘 함께 다녔고 하나가 보이면 다른 하나도 멀지 않은 곳에 있었다. 부케팔루스는 주인 외에는 아무도 태우지 않았다.

Alexander and Bucephalus

알렉산더는 역사상 가장 위대한 왕이자 군인이 되있다. 그는 항상 알렉산더 대왕이라는 이름으로 불렸다. 부케팔루스는 수많은 나라, 수많은 전쟁에서 그를 태우고 다녔으며 여러 차례 주인의 목숨을 구해 주었다.

35

현자 디오게네스
Diogenes the Wise Man

그리스의 코린트 시에는 디오게네스^{Diogenes}라는 매우 현명한 사람이 살았다. 많은 사람들이 그의 지혜를 배우기 위해 전국 각지에서 찾아들었다.

현명했던 만큼 그의 생활 방식도 독특했다. 그는 누구든 필요 이상으로 물건을 소유해서는 안 된다고 믿었다. 또한 사람이 사는 데는 많은 것이 필요하지 않다고 했다. 그는 집에서 살지 않았다. 작은 통 속에서 잠을 자고 그 통을 굴리며 옮겨 다녔다. 그리고 햇볕 아래 자리를 잡고 앉아 자신을 에워싼 사람들에게 지혜를 들려주며 인생을 보냈다.

하루는 디오게네스가 밝은 대낮인데도 등불을 들고 길을

걸어가며 뭔가를 찾기라도 하듯 연신 주위를 두리번거렸다.

누군가가 물었다.

"해가 있는데 왜 등불을 들고 다니십니까?"

"정직한 사람을 찾기 위해서라네."

알렉산더 대왕이 코린트에 오자 주요 인사들은 앞을 다투어 왕을 찾아갔지만 디오게네스는 가지 않았다. 하지만 정작 알렉산더가 진정으로 존경하는 인물은 바로 그였다.

현자가 찾아오지 않자 왕은 직접 그를 찾아갔다. 왕은 외진 곳에 있는 디오게네스를 발견했다. 그는 통 옆의 땅바닥에 누워 햇살의 따사로움을 즐기고 있었다.

왕과 함께 많은 인파가 몰려오자 디오게네스는 바닥에서 일어나 앉아 왕을 쳐다보았다. 알렉산더가 인사를 건네며 말했다.

"디오게네스여, 나는 그대의 지혜에 관해 많은 이야기를 들었소. 내가 그대를 위해 해 줄 수 있는 일이 없겠소?"

"있습니다. 한쪽으로 조금만 비켜 주십시오. 그래야 햇빛을 가리지 않을 겁니다."

디오게네스의 대답에 왕은 크게 당황했다. 그렇지만 화를 내지는 않았다. 이것으로 왕은 그 괴짜 현자를 훨씬 더 존경하게 되었다. 말을 타고 돌아가는 길에 왕은 말했다.

"그대들이 뭐라 말해도 좋다. 하지만 나는 알렉산더가 아니었더라면 디오게네스가 되려고 했을 것이다."

| 현자 디오게네스 |

디오게네스와 관련된 또 다른 일화가 있다. 은행가였던 아버지가 화폐를 위조했다는 의심을 받고 감옥에 갇히자 그도 공범으로 몰려 고향 시노페에서 쫓겨나게 되었다. 그는 쫓겨나면서 마을의 통치자에게 이렇게 말했다.

"이것이 내가 받아야 할 처벌이라면 나도 당신에게 처벌을 내리겠소. 당신은 이곳 시노페에 남아 있으시오."

그는 어둠을 두려워하지도 않고 잠잘 곳을 마련할 필요도 느끼지 않는 생쥐들을 보고 생쥐처럼 살기로 작정했다. 그는 낡은 자루를 어깨에 메고 세상을 돌아다니며 얻어먹었다. 구걸이 신통치 않아 굶주리는 날도 많았다. 그가 말했다.

"개와 철학자야말로 가장 큰 선을 행한다고 할 수 있지. 바라는 것도 가장 적지만 얻는 것도 가장 적으니 말이야."

전설에 따르면 그와 알렉산더 대왕은 같은 날 세상을 떠났다고 한다. 그들은 저승으로 가는 강에서 만났다.

알렉산더 대왕이 먼저 말했다.

"이보게, 정복자와 노예가 또 만났군."

그러자 디오게네스가 대답했다.

"맞습니다. 정복자와 노예가 만난 것입니다. 정복자는 디오게네스이고 노예는 알렉산더죠. 정복의 노예가 되었던 당신과 모든 욕망을 정복한 제가 만났다는 말입니다."

36

3백 인의 용사들
The Brave Three Hundred

동방의 페르시아 대왕이 이끄는 막강한 군대가 그리스를 향하고 있었다. 페르시아 군은 해안선을 따라 진격하고 있었고 며칠이면 그리스에 당도할 것이다.

페르시아 대왕은 그리스의 모든 도시와 나라에 사자를 보냈다. 모든 땅과 바다가 자기 소유라는 증표로 각 도시와 나라의 흙과 물을 보내라는 것이었다. 하지만 그리스 인들의 대답은 한결같았다.

"싫다, 우린 자유롭게 살겠다."

그리스의 남자들은 적과 맞서기 위해 무기를 들고 서둘러 뛰어나갔고 여자들은 집에 남아 울며 공포에 떨었다.

한편 그리스로 들어오는 동쪽 길은 해안과 산맥이 양쪽으로 접한 좁은 길 하나뿐이었다. 이 길을 지키고 있던 사람들은 스파르타의 왕 레오니다스와 3백 명의 스파르타 용사들이었다.

곧 페르시아 군대가 눈에 들어왔다. 병사의 숫자는 끝을 헤아릴 수 없을 만큼 많았다. 한 줌도 안 되는 군대가 어떻게 그런 대군을 막아낼 수 있을까?

하지만 레오니다스와 스파르타 용사들은 여전히 뜻을 굽히지 않았다. 그들은 그 자리에서 죽기로 작정했다. 페르시아 왕은 페르시아가 화살을 쏘면 하늘이 검게 뒤덮일 것이라고 엄포를 놓았다.

"얼마든지 오너라."

스파르타의 용사들이 대답했다.

"우리는 그 화살의 그늘 아래서 기꺼이 싸우리라."

그들은 좁은 길을 막고 용감하게 적과 맞섰다. 스파르타 용사들에게 두려움 따위는 없었다. 페르시아 병사들은 앞으로 전진했지만 그들의 창끝 아래서 죽음을 맞을 뿐이었다.

하지만 스파르타 병사들도 한 사람 한 사람 쓰러지기 시작했다. 마침내 창도 부러졌다. 그렇지만 그들은 여전히 자리를 지키며 끝까지 저항했다. 어떤 이들은 장검을 꺼내 들고 싸웠고 어떤 이들은 단도로 맞섰다. 그리고 어떤 이들은 맨주먹과

이로 싸웠다.

해가 질 무렵, 살아 있는 스파르타 인은 단 한 사람도 없었다. 그들이 서 있던 자리에는 한 무더기의 주검들이 쌓였고 모두 창과 화살로 고슴도치가 되어 있었다.

하지만 한 줌도 안 되는 용사들은 2만 명의 페르시아 군사들을 쓰러뜨렸다. 그리고 그리스는 구원받았다.

37

소크라테스와 그의 집
Socrates and His House

옛날 그리스에 소크라테스라는 아주 현명한 사람이 살았다. 그는 많은 이야기들을 재미있게 해 주었기 때문에 그의 이야기를 듣다가 싫증을 내는 사람은 아무도 없었다. 그래서 그의 집에는 늘 많은 사람들이 모여들었다.

어느 해 여름, 그는 손수 자신이 살 집을 지었다. 하지만 집이 너무 작았다. 사람들은 소크라테스 같은 사람이 어떻게 그런 집에 만족할 수 있는지 의아하게 생각했다.

"당신처럼 위대한 분이 이렇듯 상자나 다름없는 작은 집을 지어서 살려고 하는 이유가 무엇입니까?"

"사실 별다른 이유가 있겠소?"

소크라테스는 웃으며 말했다.

"다만 이런 작은 집이라도 채울 수 있을 만큼의 진정한 벗이 있다면 스스로 행복한 사람이라 자부할 수 있지 않겠소!"

38

칭기즈칸과 매
The King and His Hawk

칭기즈칸은 위대한 왕이자 군인이었다. 그는 중국과 페르시아를 정벌했고 많은 나라들을 복속시켰다. 많은 사람들이 그의 무용담을 이야기했고 알렉산더 대왕 이래 그만한 왕은 없다고 칭찬했다.

전쟁에서 돌아온 어느 날 아침, 왕은 그날 다녀올 셈으로 말을 타고 사냥을 나갔다. 많은 신하들도 각자 활과 화살을 챙겨 유쾌하게 말을 몰았고 그 뒤를 시종과 사냥개들이 따랐다.

사냥 부대에는 즐거움이 넘쳤다. 온 숲에 그들의 함성과 웃음소리가 울려 퍼졌다. 모두들 저녁 무렵에는 풍성한 포획물들을 가지고 집에 돌아갈 수 있을 거라는 기대에 차 있었다.

왕의 손에는 그가 가장 아끼는 매가 앉아 있었다. 매는 주인의 명령이 떨어지면 하늘 높이 날아올라 사방을 살피며 사냥감을 찾았다. 그리고 사슴이나 토끼를 찾으면 쏜살같이 내리 덮쳤다.

칭기즈칸과 그의 일행들은 온종일 숲 속을 달렸다. 하지만 기대했던 만큼 많은 수확을 올리지는 못했다.

이윽고 날이 저물자 그들은 집으로 돌아가기 시작했다. 왕은 전에도 이 숲을 자주 다녔던 터라 샛길 하나까지 샅샅이 알고 있었다. 그래서 왕은 가장 가까운 길을 택한 일행들과 달리 계곡을 지나는 먼 길로 돌아가기로 마음먹었다.

하루 종일 무더웠던 터라 왕은 몹시 목이 말랐다. 매는 손목을 떠나 멀리 날아갔다. 녀석은 알아서 집을 찾아갈 것이다.

천천히 말을 몰았다. 전에는 근처에서 맑은 물이 솟는 샘을 보았지만 뜨거운 날씨 때문에 개울은 모두 말라 있었다.

마침내 왕은 바위 가장자리로 조금씩 똑똑 떨어지는 물을 발견했다. 우기에는 늘 빠른 물살이 흘러내렸지만 지금은 겨우 한 방울씩밖에 떨어지지 않았다. 왕은 말에서 뛰어내렸다. 그리고 사냥 가방에서 작은 은컵을 하나 꺼내 느리게 떨어지는 물을 받았다. 물을 받는 데는 많은 시간이 걸렸다. 왕은 너무 목이 말라 기다릴 수 없을 지경이었다.

마침내 물이 거의 다 찼다. 하지만 막 물을 마시려고 하는 순간, 바람을 가르는 소리와 함께 왕의 손에서 컵이 떨어졌다. 물은 모조리 바닥에 엎질러지고 말았다.

고개를 들어 누구의 짓인지 살펴보았다. 그가 아끼던 매였다. 매는 서너 차례 공중을 선회하다가 샘 옆의 바위 틈에 내려앉았다. 왕은 다시 컵을 집어 들고 조금씩 떨어지는 물을 받았다. 이번에는 오래 기다리지 않았다. 물이 반쯤 차자 왕은 컵을 입으로 가져갔다. 그러나 컵이 미처 입술에 닿기도 전에 또다시 매가 왕을 덮치며 컵을 떨어뜨렸다.

왕도 이제는 화가 나기 시작했다. 그는 다시 물을 받았다. 그러나 매는 세 번째도 왕이 물을 마시지 못하게 했다.

왕은 이제 정말로 화가 났다.

"무엄하게 어찌 이런 짓을 할 수 있단 말이냐? 내 손에 잡히면 목을 비틀어 버릴 테다."

다시 물을 받았다. 이번엔 물을 마시기 전에 먼저 칼을 뽑았다.

"매 경, 이번이 마지막이오."

미처 말을 마치기도 전에 다시 매가 날아와 컵을 떨어뜨렸다. 하지만 왕은 이때를 기다리고 있었다. 그는 재빨리 칼을 휘둘러 날아가는 매를 베어 버렸다. 다음 순간 가련한 매는 주인의 발 밑에 떨어져 피를 흘리며 죽었다.

"네가 한 짓에 대한 대가다."

　왕은 다시 컵을 찾았다. 하지만 컵은 손이 미치지 않는 바위 틈새로 떨어져 있었다.

　"기필코 저 샘에서 물을 마시고 말겠다."

　왕은 혼자서 중얼대며 가파른 절벽을 기어올라 샘을 찾았다. 고된 일이었다. 올라갈수록 갈증도 심해졌다.

　마침내 샘을 찾아냈다. 그곳에는 과연 웅덩이가 있었다. 하지만 무언가 나동그라진 채 웅덩이 안을 가득 메우고 있었다. 가장 강한 맹독을 가진 커다란 뱀이 죽어 있었던 것이다.

왕은 멈칫했다. 갈증도 잊어버렸디. 오로지 자신의 발 아래에서 죽어 간 가엾은 매에 대한 생각뿐이었다.

"매가 내 생명을 구했도다! 그런데 나는 매에게 어떻게 보답했던가? 그대는 나의 가장 좋은 벗이었지만 나는 그대를 죽이고 말았다."

벼랑을 내려왔다. 그는 조심스레 매를 집어 올려서 사냥 가방 안에 넣었다. 그런 다음 황급히 말을 몰고 돌아왔다.

왕은 혼자서 이렇게 중얼거렸다.

"나는 오늘 슬픈 교훈을 얻었다. 화가 나 있을 때는 아무것도 해서는 안 된다는 것을 말이다."

| 칭기즈칸 |

칭기즈칸이 세계를 제패한 원동력은 무엇이었을까?

바로 속도와 기동성이었다. 칭기즈칸 시대의 몽골 인들은 속도전의 귀재였다. 몇 필의 말을 번갈아 타거나 가죽 갑옷, 반달형의 몽골식 칼, 육포 등을 이용하면서 식량의 현지조달 등을 통해 철저하게 기동성을 높인 것이다.

또한 병사들로 하여금 몰아치는 눈보라 속에서 양가죽으로 만든 방한도구에 의지해 잠을 청하고 식량이 떨어져 방법이 없을 때는 말의 혈관을 뚫어 피를 빨아먹게 했다고 한다. 그야말로 누구도 따를 수 없는 굳건한 의지와 인내력을 키워 준 것이다.

그들은 어떤 위험도 두려워하지 않았고 적 앞에서도 물러서는 일이 없었다. 이러한 도전 정신과 열정이 그들로 하여금 세계를 제패하게 한 것이다.

불과 20만 명의 병사로 17년 만에 유라시아 대륙의 절반 이상을 정복한 황제 칭기즈칸(1162~1227)은 어디에 묻혀 있을까?

몽골과 미국 합동 발굴단이 몽골 북동부 어글럭친골 헤렘에서 칭기즈칸이 묻힌 곳을 발굴하다가 중단했다. 발굴 과정에서 수천 마리의 뱀들이 출몰하고 전염병이 도는 하늘의 저주가 있었다고 한다. 또 몽골 현지 전문가들은 발굴단이 지적한 지역을 칭기즈칸의 무덤이라고 단정할 수 없다고 주장했다.

칭기즈칸을 비롯한 몽골군은 거짓말처럼 오늘날까지 무덤 하나 발견되지 않았다. 바람처럼 아무런 흔적도 남기지 않고 역사 속으로 사라져 간 것이다. 그러나 그들이 이 지구상에 존재했던 것이 분명한 이상 어딘가에 묻혀 있다는 것은 확실하다.

39

의사 골드스미스
Doctor Goldsmith

옛날에 올리버 골드스미스Goldsmith라는 친절한 의사가 살았다. 그는 늘 남을 돕고 무엇이든 남과 나누려고 하는 착한 마음씨를 갖고 있었다. 그는 가난한 이들에게 너무 많은 것을 주어 버렸기 때문에 정작 자신은 늘 가난했다.

하루는 어떤 가련한 부인이 찾아와 남편을 진찰해 달라고 부탁했다. 아파서 먹지도 못한다는 것이었다. 착한 골드스미스는 그 부인의 청을 흔쾌히 들어주었다.

그 집은 매우 가난했다. 남자가 오랫동안 일을 못했기 때문에 먹을 것이라곤 아무것도 없었다. 그리고 사실 남자는 병든 것이 아니라 마음의 근심이 깊었다.

"저녁에 내 사무실로 오세요."

골드스미스가 부인에게 말했다.

"그럼 남편이 드실 약을 좀 드리겠습니다."

부인이 찾아오자 골드스미스는 작지만 무척 무거운 종이 상자를 건네주며 말했다.

"여기 약이 있습니다. 꾸준히 써 보세요. 남편께 반드시 큰 효험이 있을 겁니다. 그렇지만 집에 도착하기 전에는 절대로 상자를 열어 보지 마세요."

"어떻게 복용해야 하나요?"

"설명서는 상자 안에 있습니다."

부인은 집에 와서 남편 곁에 앉아 함께 상자를 열었다.

상자 안에는 도대체 무엇이 들어 있었을까?

그 안에는 돈이 가득 들어 있었다. 그리고 맨 위에 다음과 같은 설명서가 들어 있었다.

"필요할 때마다 최대한 자주 복용할 것!"

골드스미스는 가진 돈의 전부를 그들에게 주었던 것이다.

40

신의 나라
The Kingdoms

옛날 프러시아에는 프리드리히 빌헬름이라는 왕이 살았다. 유월의 어느 화창한 아침, 그는 혼자서 녹음이 우거진 숲으로 산책을 나갔다. 도시의 소음에 지쳤던 터라 오랜만에 도시를 벗어나니 무척 즐거웠다.

그는 나무 사이를 거닐다가 가끔씩 멈춰 서서 새들의 노래를 들으며 지천으로 흩어진 들꽃을 구경했다. 그러고는 수시로 허리를 굽혀 제비꽃과 앵초, 노란 미나리아재비를 꺾었다. 이내 그의 양손에는 예쁜 꽃이 가득했다.

잠시 후 그는 숲 속의 작은 풀밭에 이르렀다. 풀밭에는 아이들이 어울려 놀고 있었다. 아이들은 이리 뛰고 저리 뛰며 수풀 사이에 숨은 눈동의나물을 캐고 있었다.

행복한 아이들의 모습과 즐거운 목소리를 듣고 있노라니 왕은 너무 기뻤다. 한동안 가만히 서서 노는 아이들을 지켜보았다. 그러고는 아이들을 불러 모아 시원한 그늘 아래 함께 둘러앉았다. 아이들은 그 낯선 신사가 누군지 알지 못했지만 그의 친절한 얼굴과 상냥한 태도에 마음이 끌렸다.

"자, 애들아. 너희들에게 문제를 내도록 하겠다. 가장 옳은 답을 한 사람에게는 상을 줄 거야."

그는 아이들이 볼 수 있도록 오렌지 하나를 치켜들었다.

"알다시피 우린 모두 프러시아 왕국에 살지. 그렇다면 이 오렌지는 어느 왕국에 속하는지 대답해 보겠니?"

아이들은 당황했다. 아이들은 잠시 가만히 앉아 서로 얼굴만 쳐다보았다. 그러다 한 영리한 소년이 용감하게 대답했다.

"식물 왕국에 속합니다, 나리!"

"왜 그렇지, 아가야?"

"그건 식물의 열매이고 식물은 모두 식물 나라에 속합니다."

왕은 소년의 대답이 마음에 들었다.

"네 말이 맞다. 자, 이걸 네게 상으로 주마."

왕은 소년에게 오렌지를 던져 주었다.

"받거라."

다음으로 주머니에서 노
란 금화를 꺼내 높이 치켜들
자 햇빛을 받은 금화가 반
짝였다.

"그럼, 이건 어느 왕국에
속하느냐?"

다른 영리한 소년이 재빨
리 대답했다.

"광물 왕국에 속합니다!
모든 금속은 광물 나라에 속합니다."

"옳다. 이 금화를 네게 상으로 주마."

호기심에 가득 찬 아이들은 그 낯선 사람이 또 무슨 질문을
할지 기다렸다.

"하나만 더 묻겠다. 이건 아주 쉬운 문제다. 난 어느 나라에
속하느냐?"

똑똑한 소년들도 이번에는 당황했다. 어떤 아이는 "프러시
아 왕국"이라고 대답하려고 했다. 또 어떤 아이는 "동물 나라"
라고 대답하고 싶었다. 그러나 어쩐지 모두 가만히 있었다.

마침내 파란 눈의 자그마한 꼬마가 미소 짓고 있는 왕의 얼
굴을 올려다보며 간단히 대답했다.

"전 하느님의 나라라고 생각해요."

프리드리히 빌헬름 왕은 허리를 숙여 꼬마 아가씨를 품에 안았다. 왕은 감동 어린 눈으로 아이에게 키스하며 말했다.

"그렇고 말고, 애야. 당연히 그렇단다."

41

허울뿐인 성찬
The Barmecide Feast

옛날 아라비아에 바메시드라는 돈 많은 노인이 있었다. 그는 꽃이 만발한 정원 한가운데에 있는 아름다운 저택에서 살았다.

한편 샤카박이라는 가난뱅이도 한 나라에 살고 있었다. 그의 옷은 누더기뿐이었고 남들이 버린 음식으로 끼니를 연명했다. 그렇지만 그는 명랑했고 왕만큼이나 행복했다.

어느 날, 며칠 동안이나 먹을 것을 구하지 못한 샤카박은 바메시드를 찾아갔다. 문지기가 말했다.

"들어와 주인께 얘기해 보시오. 굶겨서 내보내지는 않을 거요."

샤카박은 집 안으로 들어갔다. 그리고 바메시드를 찾으려고 여러 개의 호화로운 방을 가로질러 갔다. 마침내 큰 홀에 들어섰다. 그곳에는 포근한 카펫이 깔려 있었고 벽은 훌륭한 그림들로 장식되어 있었으며 몸을 누일 수 있는 안락한 의자가 놓여 있었다.

방 안쪽에 흰 수염을 늘어뜨린 채 앉아 있는 귀족 한 사람이 보였다. 바메시드였다. 가련한 샤카박은 풍습대로 몸을 낮추어 절을 했다.

바메시드는 상냥한 목소리로 무슨 일 때문에 자기를 찾아왔느냐고 물었다. 샤카박은 사정을 설명하고 이틀 동안 아무것도 먹지 못했다고 말했다. 그러자 바메시드가 말했다.

"정말이냐? 배가 많이 고프겠구나. 여기는 먹을 게 너무 많아서 남아돌 지경인데!"

그러고는 고개를 돌려 소리쳤다.

"여봐라, 손 씻을 물을 가져오너라. 그리고 서둘러 식사를 준비하거라."

샤카박은 이토록 환대를 받을 거라고는 생각하지 못했다. 그는 부자에게 감사하다는 말을 하려고 했다.

"아무 말 말고 성찬을 즐길 채비나 하거라."

바메시드는 이렇게 말하고 누가 물을 부어 주고 있기라도 하듯 손을 씻기 시작했다.

"이리 와서 함께 씻자꾸나."

몸종이나 대야, 물 따위는 보이지 않았다. 하지만 샤카박은 시키는 대로 해야 한다고 생각했다. 그래서 바메시드를 따라 손 씻는 시늉을 했다. 그러자 바메시드가 또 말했다.

"이제 이리 오거라. 함께 먹자꾸나."

그는 마치 식탁에 앉은 것 같은 자세로 고기를 자르는 시늉을 하며 말했다.

"마음껏 들거라. 배고프다고 하지 않았더냐? 음식 걱정은 하지 말고 마음껏 들거라."

샤카박은 음식을 집어 입으로 가져가는 시늉을 했다. 그러고 나서 씹는 시늉을 하며 말했다.

"보시다시피 열심히 먹고 있답니다."

"여봐라."

바메시드가 명령했다.

"이제 구운 거위를 내오너라. 이 앞가슴 살을 먹어 보거라. 맛있는 소스와 꿀, 건포도, 완두콩, 말린 무화과도 여기 있다. 마음껏 들거라. 그리고 또 다른 성찬들이 준비되어 있다는 것도 잊지 말거라."

배가 고파 죽을 지경이었지만 예의 바른 샤카박은 거역할 수가 없었다.

"자, 구운 양고기를 좀 더 들거라. 이렇게 맛있는 걸 본 적이 있느냐?"

"생전 처음입니다. 식탁이 온통 산해진미로군요."

"그럼 실컷 먹거라. 나에게는 그게 가장 기쁜 일이다."

다음으로 디저트가 나왔다. 바메시드는 사탕 과자와 과일이라고 말했다. 샤카박은 그걸 먹는 시늉을 했다.

"자, 더 먹고 싶은 게 없느냐?"

"아, 아닙니다! 정말 너무 많이 먹었습니다."

"그럼 술을 한잔 하자꾸나. 여봐라, 포도주를 내와라!"

"죄송하지만 각하, 금주령 때문에 술은 마시지 않겠습니다."

그때 바메시드가 덥석 그의 손을 잡았다.

"나는 오랫동안 그대 같은 이를 찾았다. 하지만 우선 진짜 저녁부터 먹자꾸나."

그는 손뼉을 치며 식사를 가져오라고 명령했다. 그러자 곧 아까 시늉으로만 먹었던 음식들이 식탁 위에 차려졌다.

가난한 샤카박이 평생 처음 먹어 보는 훌륭한 식사였다. 식사가 끝나고 식탁을 치우자 바메시드가 말했다.

"나는 그대가 매우 교양 있는 사람임을 알았다. 재치도 있고. 또 무슨 일이든 최선을 다할 자세도 되어 있는 것 같으니 이곳에 살면서 나의 집을 관리해 다오."

샤카박은 오랫동안 바메시드와 함께 살았고 다시는 배고픈 일이 없었다.

42

끝없는 이야기
The Endless Tale

먼 동쪽 나라에 대왕이 한 사람 살았는데 그는 푹신한 방석에 기댄 채 이야기 듣는 것을 좋아했다. 그는 얘기라면 무엇이든 얼마나 긴 이야기든 결코 싫증내는 법이 없었다.

그래서 왕은 늘 이렇게 말했다.

"그대의 이야기는 딱 한 가지 흠이 있구나. 너무 짧다는 것이다."

세상의 모든 이야기꾼이 그의 궁에 초대되었다. 그들 중 몇은 정말로 아주 긴 이야기를 했다. 그러나 왕은 이야기가 끝날 때마다 여전히 서운해 했다.

마침내 그는 모든 도시와 마을에 '끝없는 이야기'를 해주는 사람에게 후한 상을 내리겠다고 명을 내렸다.

"영원히 계속되는 얘기를 하는 사람에게는 내가 가장 사랑하는 딸을 아내로 주겠다. 그리고 내 후계자로서 나의 뒤를 이어 왕이 되도록 해 줄 것이다."

하지만 여기에 가혹한 조건 하나가 덧붙여졌다.

"누구든 그런 이야기를 하겠다고 나섰다가 실패하면 짐은 그 목을 자르겠다."

공주는 매우 아름다웠고 그 나라에는 그녀를 얻을 수만 있다면 무슨 짓이든 하겠다는 젊은이들이 많았다. 하지만 다들 목을 내놓고 싶지는 않아 상을 받으려고 시도하는 사람은 매우 드물었다.

한 젊은이가 석 달 동안 계속되는 이야기를 만들어 냈다. 하지만 석 달이 지나자 아무것도 생각해 낼 수가 없었다. 그리고 그는 조건대로 처형되어 왕의 인내력을 시험하겠다는 무모한 이야기꾼은 오랜 세월 동안 나타나지 않았다.

어느 날 남쪽 나라 출신의 이방인이 궁전에 찾아왔다.

"대왕이시여! 끝이 없는 이야기를 하는 사람에게 상을 내리신다는 말씀이 사실입니까?"

"그렇도다."

"그리고 그 사람에게 왕께서 가장 사랑하는 공주를 아내로 주시고 대왕의 후계자로 삼겠나이까?"

"그렇다, 성공만 한다면! 대신 실패하면 목을 내놓아야 한다."

"그럼 좋습니다. 그와 관련해서 제가 재미있는 메뚜기 이야기를 하나 해 드리겠나이다."

"해 보아라. 들어 보자꾸나."

이야기꾼이 이야기를 시작했다.

"옛날 어떤 왕이 나라 안에 있는 모든 곡식을 몰수하여 튼튼한 곡식 창고에 쌓아 두었습니다. 그런데 어느 날 메뚜기 떼가 날아와 곡식 창고를 보았습니다. 메뚜기들은 며칠을 살핀 끝에 창고 동쪽에 틈새 하나를 발견했습니다. 메뚜기 한 마리가 안으로 들어가 곡식 한 알을 물고 나왔습니다. 다음에 또 한 마리가 들어가서 곡식 한 알을 물고 나왔습니다. 그러자 또 한 마리가 들어가서 곡식 한 알을 물고 나왔습니다."

날이 가고 한 주가 지나도 이야기꾼은 계속 같은 말만 되풀이했다.

"그러자 또 한 마리가 들어가서 곡식 한 알을 물고 나왔습니다."

달이 가고 해가 갔다. 이 년이 다 지날 무렵 왕이 말했다.

"얼마나 더 메뚜기들이 들어가 곡식을 물고 나와야 되느냐?"

"오, 왕이시여! 메뚜기들이 꺼낸 곡식은 이제 겨우 1큐빗(고대 이집트에서 썼던 길이의 단위, 약 45.72cm 정도)밖에 안 됩니다. 아직도 창고에는 수천 큐빗의 곡식이 쌓여 있나이다.”

　“여봐라, 여봐라!”

　왕이 소리쳤다.

　“날 미치게 하는구나. 도저히 더 이상 듣지 못하겠다. 내 딸을 데려가고 내 후계자가 되어 왕국을 다스리거라. 그리고 그 끔찍한 메뚜기 이야기는 절대로 하지 말거라!”

　이방인은 공주와 결혼하여 그 나라에서 오랫동안 행복하게 살았다. 그리고 왕은 더 이상 이야기를 듣고 싶어하지 않았다.

| 끝없는 이야기 |

같은 사건이나 상황이 끊임없이 되풀이되는 내용의 설화를 '긴 이야기', 즉 '무한담(無限譚)'이라고 한다. 우리나라에서는 홍만종(洪萬宗)의『명엽지해(蓂葉志諧)』'장담취부조(長談娶婦條)'에 수록되어 있으며 전국에서 두루 구전되고 있다.

"혹심한 가뭄이 들어 쥐들이 강을 건너 이웃나라로 갔다. 한 마리가 강으로 뛰어들고 또 한 마리가 뛰어들고……(이하 반복)."

이 설화는 범세계적인 유형으로 반복되는 행위와 그 행위자의 양상이 다양하게 변화한다. 예를 들면 같은 사건이 반복되는 이야기로 벌이 통 속으로 한 마리씩 들어가거나, 대궐을 지으려고 나무를 하나씩 벤다고 하거나, 큰 돌을 움직일 수 없어 지나가는 사람마다 부탁한다는 경우 등이 있다. 또 큰 돌이 계속 굴러가고 있다든가 호랑이 꼬리를 계속 잡고 있다든가 하여 동일한 상황이 끝없이 지속되는 이야기도 있다.

한편 이 '끝없는 이야기'가 이야기 속의 이야기로 삽입되기도 한다. 이 경우의 주인공은 끝없는 이야기를 하여 내기를 걸 정도로 이야기를 좋아하는 상대방을 굴복시켜 돈, 또는 딸을 차지한다.

이 설화는 청자로 하여금 많은 이야기를 들으려는 욕망을 단념시키면서 화자가 청자의 요구를 회피하기 위한 수법이다.

(자료 출처 : 한국사전연구사간. 국어국문학자료사전)

예

옛날에 이야기 듣기를 좋아하는 임금이 있었습니다.

"내가 싫증이 나도록 긴 이야기를 한번 들어 보았으면 좋겠다. 듣기에 싫증이 나도록 긴 이야기를 하는 사람이 있으면 돈 만 냥을 주겠다."

그래서 이야기할 줄 아는 사람은 저마다 "내가 이 세상에서 제일 긴 이야기를 해서 돈 만 냥을 타야겠다"고 앞을 다투어 들어갔습니다. 그러나 아무리 긴 이야기를 해도 임금은 하품을 하거나 싫증내는 법 없이 재미있게 듣고는,

"그만인가? 그러고 그만인가?" 하고 섭섭해 하는 것이었습니다. 그래서 이야기하는 사람마다 쫓겨 나오고 말았습니다. 그런데 하루는 아주 우습게 생긴 떠꺼머리총각 한 사람이 들어와서 긴 이야기를 시작하였습니다. 임금은 오늘이야말로 한없이 길고 재미있는 이야기를 듣는가 싶어서 귀를 기울이고 들었습니다.

"우선 씨를 뿌렸습니다."

"싹이 나기 시작하였습니다."

"그놈이 차차 커서 모가 되었습니다."

이렇게 동강동강 잘라서 하되 그것도 한참 만에야 한 마디씩 하는 것이어서 임금은 갑갑하여 얼른얼른하라고 재촉하였습니다. 그러니까 아주 느릿느릿하게 "아니오. 이것도 굉장히 빨리 하는 것입니다" 하고 여전히 한참 만에 한마디씩 동강동강 합니다.

"꽤 크게 자란 모를 논으로 옮겨 심었습니다."

"논의 잡풀을 뽑아 주었습니다."

"옮겨 심은 것이 점점 잘 자랐습니다."

"차차 열매가 열기 시작하였습니다."

"가을이 되니까 누렇게 익었습니다."

"낫으로 베어서 햇볕에 말렸습니다."

"방아를 찧어서 흰쌀을 만들었습니다."

"그래서 그것을 섬 속에 담았습니다."

여기까지 듣더니 임금은 그만 싫증이 나기 시작했습니다. 그래서 "그래, 추수까지 다하였으니까 이제 그만이겠군" 하였습니다.

"천만에요. 이건 단 일 년 동안의 일일 뿐입니다."

"이것을 몇천 년, 몇만 년, 그치지 않고 해 가는 것이니까 여간 길지 않습니다."

그러자 임금은 "에라 이놈! 그까짓 것이 무슨 이야기냐?" 하고 소리를 질렀습니다. 그 소리에 총각은 더 큰 소리로 "싱거워도 백성들은 이걸로 사는데, 이것이 싫으면 네까짓 것이 무슨 임금이냐?" 하고 벌떡 일어나 붙잡을 새도 없이 달아나 버렸습니다.

43

장님과 코끼리
The Blind Men and the Elephant

매일같이 길거리에 서서 지나가는 사람들에게 구걸을 했던 여섯 명의 장님이 있었다. 그들은 코끼리에 관해 많이 듣기는 했지만 한 번도 본 적이 없었다. 하기야 장님인데 어떻게 볼 수 있겠는가?

어느 날 아침, 코끼리 한 마리가 장님들이 서 있는 길을 따라 내려가게 되었다. 장님들은 거대한 코끼리가 자기들 앞에 있다는 얘기를 듣고는 몰이꾼에게 자신들도 볼 수 있도록 잠시만 코끼리를 멈추어 달라고 간청했다.

물론 그들은 눈으로는 볼 수 없었다. 그러나 만져 보면 코끼리가 어떤 짐승인지 알 수 있을 거라고 생각했다.

첫 번째 장님은 코끼리의 옆구리를 만지게 되었다.

"그래, 그렇지. 이제는 코끼리라는 게 어떻게 생긴 짐승인지 확실히 알겠어. 꼭 담벼락같이 생겼군."

두 번째 사람은 상아를 만졌다.

"여보게, 자네가 틀렸네. 전혀 담벼락같이 생기지 않았는걸. 둥글고 매끈하고 날카롭게 생겼는데. 코끼리는 무엇보다도 창처럼 생겼어."

세 번째 사람은 우연히 코끼리의 코를 잡았다.

"자네들 둘 다 틀렸네. 뭘 좀 아는 사람이면 틀림없이 코끼리가 뱀처럼 생겼다고 말할 걸세."

네 번째 장님은 팔을 뻗어 코끼리의 다리를 더듬었다.

"오, 자네들은 정말 눈이 멀었군! 내가 보기에 이 녀석은 분명히 나무처럼 둥글고 높다란데 말일세."

다섯 번째 사람은 키가 무척 커서 코끼리의 귀를 만지게 되었다.

"아무리 지독한 장님이라도 이 짐승이 자네들 이야기와는 전혀 다르게 생겼다는 것을 알 걸세. 이놈은 틀림없이 커다란 부채처럼 생겼네."

여섯 번째 사람은 글자 그대로 장님이어서 코끼리를 찾는데만도 적잖은 시간이 걸렸다. 그리고 마침내 코끼리의 꼬리를 잡고는 소리쳤다.

"이런 바보들 같으니라고! 자네들은 확실히 제정신이 아닌가 보군. 이 코끼리라는 놈은 벽도 창도 뱀도 나무도 닮지 않았어. 그렇다고 부채처럼 생기지도 않았고. 조금만 분별 있는 사람이라면 코끼리가 밧줄과 똑같이 생겼다는 것을 알 거야."

코끼리는 떠났고 여섯 명의 맹인들은 하루 종일 길옆에 앉아 코끼리에 관한 말다툼을 벌였다. 서로 자신만이 코끼리의 모습을 정확히 알고 있다고 믿었던 것이다. 그리고 서로 자기 의견에 동의하지 않는다고 욕설을 퍼부었다.

물론 멀쩡하게 눈이 보이는 사람들도 이처럼 어리석은 짓을 하는 경우가 있다.

44

막시밀리안과 거위치기 소년
Maximilian and the Goose Boy

　어느 여름날, 바바리아의 왕 막시밀리안^{Maximilian}이 시골길을 걷고 있었다. 작열하는 햇살이 따가워 그는 잠시 나무 그늘에서 쉬어 가기 위해 멈추었다.

　시원한 그늘에 있으니 기분이 좋았다. 왕은 포근한 잔디에 누워 흐르는 흰 구름을 쳐다보았다. 그리고 주머니 안에서 작은 책을 꺼내 읽었지만 이내 눈이 감기며 단잠에 빠져 들었다.

　왕은 정오가 훨씬 넘어 잠에서 깼다. 그는 풀 침대에서 일어나 주위를 둘러보고는 단장을 집어 집으로 향했다.

　1~2킬로미터쯤 걸었을 때 갑자기 책 생각이 났다. 그는 주

머니 속에 들어 있을 것이라고 생각했지만 거기에는 아무것도 없었다. 나무 밑에 빠뜨리고 온 것이었다. 왕은 너무 피곤했기 때문에 먼 길을 다시 돌아가고 싶지 않았다. 그렇다고 책을 잃고 싶지도 않았다.

'어떡하나? 심부름 보낼 만한 사람이 있으면 좋겠는데!'

그런 생각에 잠겨 있는데 길에서 멀지 않은 벌판에 맨발로 서 있는 아이 하나가 눈에 띄었다. 거위를 돌보고 있던 소년은 거위에게 짧은 풀을 뜯게 하며 낮은 개울을 걷고 있었다. 왕은 소년에게 다가가 금화 한 닢을 꺼내 들고 말했다.

"아이야! 이 금화를 갖고 싶지 않으냐?"

"갖고 싶어요. 하지만 그렇게 많은 돈은 싫어요."

"네가 이 길의 두 번째 굽이에 서 있는 참나무 아래 가서 내가 빠뜨리고 온 책을 갖다 주면 이걸 네게 주마."

왕은 아이가 좋아할 거라 생각했다. 하지만 아이는 돌아서며 말했다.

"저는 아저씨가 생각하는 만큼 그렇게 어리석지 않아요."

"그게 무슨 말이냐? 누가 널더러 어리석다고 했느냐?"

"1~2킬로미터를 뛰어가서 책 한 권을 갖다 주면 금화 한 닢을 주겠다는 말을 믿을 정도로 제가 어리석다고 생각하시는 거잖아요. 잘못 짚으셨어요."

"그럼 이 돈을 지금 준다면 날 믿겠구나."

왕은 이렇게 말하고 그 어린 친구의 손에 금화를 건네주었다.

아이의 눈이 빛났다. 그러나 움직이지는 않았다.

"아직도 문제가 남았니? 가기 싫으니?"

"가고 싶어요. 그렇지만 거위들을 그냥 내버려둘 수 없잖아요. 거위들이 도망쳐 버리면 전 혼나거든요."

"그렇다면 네가 다녀올 동안 내가 거위들을 돌봐 주마."

아이는 웃었다.

"나리가 거위를 어떻게 돌보는지 봐야겠어요. 아마 금세 거위들이 달아나 버릴걸요."

"일단 맡겨 보거라."

마침내 아이는 왕에게 채찍을 건네주고 출발했다. 하지만 아이는 얼마 못 가 다시 돌아왔다.

"이번엔 또 무엇 때문이냐?"

"채찍을 소리 나게 쳐 보세요."

아이가 시키는 대로 하려고 했지만 소리가 나지 않았다.

"그럴 줄 알았어요. 나리는 방법을 전혀 모르세요."

아이는 채찍을 들고 채찍질 소리 내는 법을 알려 주었다.

"이제 아셨을 거예요. 거위가 달아나려고 하면 크게 채찍질 소리를 내세요."

왕은 웃었다. 그리고는 소년이 일러준 것을 잊지 않도록 최

선을 다했다. 소년은 곧 왕의 심부름을 위해 떠났다.

막시밀리안은 바위에 앉아 졸지에 거위치기가 되었다 싶어 웃음이 나왔다. 하지만 거위들은 곧 주인이 없다는 사실을 알아챘다. 놈들은 온갖 시끄러운 소리와 함께 반은 날듯이 반은 뛰듯이 온 풀밭을 가로질러 다녔다.

왕은 거위를 쫓아갔지만 빨리 뛸 수 없었다. 체찌 소리를 내 보았지만 소용이 없었다. 거위들은 순식간에 멀리 도망쳐 버렸다. 게다가 놈들은 한술 더 떠서 채소밭까지 들어가 연한 채소를 마구 뜯어먹었다.

얼마 후 거위치기 소년이 책을 갖고 돌아왔다.

"생각했던 대로군요. 저는 책을 찾아왔는데 나리는 거위들을 잃어버렸군요."

"걱정 말거라. 거위들을 다시 모을 수 있도록 도울 테니."

"좋아요. 그럼 제가 거위들을 밭에서 몰아낼 테니 저리로 뛰어가 개울 옆에 서 계세요."

왕은 시키는 대로 했다. 소년은 채찍을 들고 뛰어가며 엄청나게 큰 소리로 욕설을 퍼부었다. 그제야 거위들이 풀밭으로 도망가기 시작했다.

"훌륭한 거위치기가 못 되어 미안하구나. 난 왕이라서 그런 일에 익숙하지 못하단다."

"왕이시라굽쇼, 세상에!"

소년이 깜짝 놀랐다.

"제가 나리께 거위를 맡길 만큼 바보였던 것은 사실이에요. 하지만 나리가 왕이라고 믿을 만큼 어리석진 않아요."

"좋다."

막시밀리안이 웃으며 말했다.

"여기 금화 한 닢을 더 주겠다. 그러니 이제부터 서로 친구 하도록 하자."

소년은 금화를 받고는 그에게 감사했다. 그리고 왕의 얼굴을 쳐다보며 말했다.

"나리께서는 매우 친절하신 분이세요. 그리고 저는 나리께서 훌륭한 왕이 되실 수도 있을 거라고 생각해요. 하지만 평생을 노력해도 훌륭한 거위치기는 못 될 거예요."

45

인치케이프 암초
The Inchcape Rock

북해에 '인치케이프'라는 큰 암초가 있었다. 이것은 북해의 모든 해안과 12마일 떨어진 곳에 있었고, 항상 수면 아래 잠겨 있었다. 하지만 암초가 수면 가까이에 있어 크고 작은 많은 배들이 이 암초에 걸려 난파되었다.

백여 년 전 암초에서 멀지 않은 곳에 착한 마음씨를 가진 아버브로톡 대주교가 살고 있었다.

"슬픈 일이다. 물속의 암초 때문에 그토록 많은 선원들이 목숨을 잃는다는 것은……."

이렇게 생각한 대주교는 암초에 부표를 설치했다. 부표는 튼튼한 사슬에 묶여 얕은 물 위를 이리저리 떠다녔다. 또 부표 꼭대기에 종을 매달아 파도가 밀려올 때마다 크고 청아한 종소리가 울렸다.

근처를 지나는 선원들은 더 이상 암초를 두려워하지 않았다. 종소리로 암초가 있는 곳을 알게 되어, 배를 안전하게 몰 수 있었기 때문이다. 선원들은 입을 모아 말했다.

"훌륭한 아버브로톡 대주교를 축복하소서!"

파도가 잔잔하던 어느 여름날 검은 깃발을 단 배 한 척이 인치케이프 암초 근처를 지나고 있었다. 랄프라는 해적의 배였다. 이 배는 항해 중인 선원이나 바닷가 어부 모두에게 공포의 대상이었다. 그날은 바람도 거의 없었고 바다는 거울처럼 잔잔했다. 해적선도 거의 움직임이 없었다.

방랑자 랄프는 갑판 위를 걷고 있었다. 그는 거울 같은 수면을 바라보았다. 인치케이프 암초 위에서 떠다니는 부표가 눈에 들어왔다. 마치 바다 위에 커다란 검은 점이 떠 있는 것처럼 보였다. 그날은 부표를 움직일 만큼 파도가 일지 않아 종이 울리지 않았다.

"애들아!"

방랑자 랄프가 소리쳤다.

"보트를 내려라. 인치케이프 암초로 가자. 늙은 대주교 놈을 욕먹여야겠다."

억센 팔로 젓는 보트는 곧 인치케이프 암초에 도착했다. 해

직들은 커다란 도끼로 부표를 묶은 쇠사슬을 끊었다. 종을 맨 줄도 끊었다. 종은 바다 속으로 사라졌다. 부글거리는 소리와 함께 가라앉아 다시는 볼 수 없게 되었다.

"이제부턴 이곳을 지나는 놈들이 대주교를 축복하지 않을 것이다."

곧이어 미풍이 불어와 검은 해적선은 그 자리를 떠났다. 랄프는 뒤를 돌아보며 암초가 숨은 자리를 알려 주는 표시가 사라진 것을 보고 큰 소리로 웃어 젖혔다.

많은 날 동안 해적 랄프는 바다 곳곳을 훑으며 수많은 배들을 약탈했다. 하지만 우연히도 결국 처음 출발했던 곳으로 되돌아오게 되었다.

그날은 하루 종일 바람이 몹시 심하게 불었다. 파도도 높았다. 배는 빠른 속도로 움직였다. 저녁이 되자 바람이 잦아들며 짙은 안개가 엄습해 왔다.

랄프는 갑판을 걷고 있었다. 그는 배가 어디로 가는지 갈피조차 잡을 수 없었다.

"안개라도 걷혀 준다면!"

"바위에 파도가 부서지는 소리가 들리는 것 같습니다."

항해사가 말했다.

"해안이 멀지 않은 것 같아요."

"글쎄, 잘 모르겠군. 하지만 우리가 인치케이프 암초에서 멀지 않은 곳에 있지 싶어. 착한 대주교의 종소리라도 들을 수 있다면 좋을 텐데."

곧이어 요란한 소리가 들려왔다.

"인치케이프 암초다!"

선원들이 소리쳤다. 하지만 배는 이미 한쪽으로 기울어지며 침몰하기 시작했다.

"아, 얼마나 어리석었던가!"

방랑자 랄프는 울부짖었다.

"이것이 훌륭한 대주교를 욕보인 벌이구나!"

파도가 머리 위로 덮칠 때 그의 귀에는 어떤 소리가 들려왔을까? 혹시 저 깊은 바다 밑에서 그를 위해 울리고 있던 대주교의 종소리는 아니었을까?

46

휘팅턴과 그의 고양이
Whittington and His Cat

I. 대도시로 가다

옛날에 리처드 휘팅턴이라는 소년이 있었는데, 그는 딕이라는 애칭으로 불렸다. 그의 부모는 그가 아기였을 때 세상을 떠났고 그를 길러 준 사람들도 매우 가난했다.

딕의 생활은 매우 어려웠다. 어떤 때는 아침을 굶었고 어떤 때는 저녁을 굶었다. 그래서 빵 부스러기, 우유 한 방울이라도 얻는 날이면 매우 기뻤다.

한편 마을 사람들은 런던 이야기를 좋아했다. 직접 보지는 못했어도 모두들 런던의 명물들을 속속들이 알고 있다는 듯이 얘기했다. 이를테면 이런 식이었다.

"런던 사람들은 모두 훌륭한 신사이고 숙녀다. 그곳 사람들은 하루 종일 노래와 음악을 즐긴다. 거기서는 아무도 굶지 않는다. 도로는 모두 황금으로 포장되어 있다."

딕 역시 다른 사람들처럼 런던을 동경했다.

하루는 그 작은 마을에 방울을 단 여덟 필의 말이 끄는 큰 마차가 나타났다. 마차가 여관 옆에 서 있는 것을 본 딕은 틀림없이 그 멋지다는 런던으로 가는 마차일 거라고 생각했다.

마차꾼이 떠날 채비를 하자 딕은 그에게 뛰어가 마차 옆에서 함께 걸으며 따라가도 되겠느냐고 물었다. 마차꾼은 딕에게 이것저것 묻더니, 그가 부모도 없고 가난하다는 것을 알자 좋도록 하라고 허락했다.

런던까지는 어린 꼬마가 걷기에 먼 거리였다. 하지만 한 걸음씩 한 걸음씩 마침내 런던에 도착했다. 그는 도시의 명물들을 구경하고 싶은 마음에 쫓겨, 마부에게 고맙다는 말조차 하지 못했다.

그는 황금이 깔린 길을 찾으려고 이 길 저 길을 뛰어다녔다. 언젠가 한 번 금화를 구경한 적이 있는데, 한 닢이면 많은 것을 살 수 있다는 것을 알고 있었기 때문이다. 그는 도로를 포장한 금 조각을 조금만 얻으면 갖고 싶은 것은 모두 살 수 있을 거라는 생각으로 가득 차 있었다.

불쌍한 딕은 더 이상 뛰지 못할 때까지 달렸다. 땅거미가 지고 있었지만, 거리마다 있는 것은 금은커녕 너러운 민지뿐이었다. 딕은 어두운 모퉁이에 앉아 혼자서 울다가 잠이 들었다.

다음날 잠에서 깨었을 때 배가 몹시 고팠다. 하지만 먹을 것이라고는 빵 부스러기 하나도 없었다. 황금으로 만든 길 따위는 까맣게 잊었다. 오직 먹을 것 생각뿐이었다. 그는 이 거리 저 거리를 쏘다니다가 마침내 배가 너무 고파 마주치는 사람들에게 먹을 것을 살 수 있게 한 푼만 달라고 구걸하기 시작했다.

"일을 하거라, 이 게으른 놈아."

어떤 사람은 욕설을 퍼부었고 어떤 사람은 거들떠보지도 않고 지나쳐 버렸다.

"일을 할 수만 있다면 좋겠어!"

딕은 혼자서 중얼거렸다.

II. 주방 일을 시작하다

점차 지치고 피곤해진 딕은 더 이상 걷지도 못할 지경이었다. 마침내 그는 어느 대저택의 문 앞에 주저앉았다. 자신이 태어난 작은 마을로 다시 돌아가고 싶다는 생각뿐이었다.

그때 마침 저녁 준비를 하던 하녀 요리사가 그를 보더니 소리를 질렀다.

"뭐하는 거야? 이 꼬마 거지 놈아. 빨리 안 꺼지면 뜨거운

설거지물을 끼얹어 줄 테다. 그럼 뜨거워 팔짝거리고 뛸 테지?"

때마침 집주인 피츠워렌이 저녁을 먹기 위해 집으로 돌아왔다. 그는 누더기 차림의 꼬마가 문 앞에 앉아 있는 것을 보고 말을 건넸다.

"꼬마야, 여기서 뭘 하니? 혹시 네가 일하기 싫어하는 게으른 사람이 아닐까 걱정이구나."

"아니에요, 절대로! 일이 생기면 무슨 일이든 할 거예요. 하지만 전 이 마을에 아는 사람이 아무도 없어요. 그리고 오랫동안 아무것도 먹지 못했고요."

"가엾은 아이로군. 들어오너라. 네가 할 만한 일이 있는지 알아보자."

그는 아이에게 푸짐한 저녁을 주고 요리사에게 아이가 할 만한 가벼운 일을 찾아보라고 시켰다.

그 못된 요리사가 없었다면 딕은 그렇게 얻은 새 집에서 아주 행복했을 것이다. 하지만 하녀 요리사는 늘 이렇게 닦달했다.

"넌 이제 내 조수야. 그러니 내가 시키는 대로 하라고. 뭘 꾸물거리는 거야! 불을 지피고 재를 내다 버리고 설거지하고 청소도 하고 장작을 가져와야 할 거 아냐? 원, 저렇게 게을러 서야!"

그리고 걸핏하면 귀싸대기를 올려붙이고 빗자루로 매질을 했다.

마침내 주인의 어린 딸 앨리스가 이 사실을 알게 되었다. 앨리스는 더 이상 딕을 괴롭히면 쫓겨나게 될 거라고 요리사를 야단쳤다. 그 뒤로 딕은 편해지기는 했지만, 아직 고난이 끝난 것은 아니었다.

그의 방은 다른 사람들과 따로 떨어진 집 꼭대기의 다락이었다. 다락방의 바닥과 벽에는 많은 구멍이 나 있어 밤마다 많은 쥐가 들락거렸다. 쥐들이 딕을 괴롭혔지만, 딕으로서는 도저히 방법이 없었다.

하루는 어떤 신사가 구두를 닦아 준 대가로 딕에게 동전 한 닢을 주었다. 딕은 그 돈으로 고양이를 사려고 마음먹었다. 이튿날 그는 고양이를 안고 가는 한 소녀를 만났다.

"1페니를 줄 테니, 내게 그 고양이를 팔려무나."

"좋아. 고양이를 가져. 얜 쥐를 아주 잘 잡는 고양이야."

딕은 고양이를 다락방에 두고 매일 자기 식사를 떼어 고양이에게 갖다 주었다. 고양이는 얼마 되지 않아 쥐를 모조리 쫓아냈다. 그래서 딕은 매일 편안하게 잠을 잘 수 있었다.

III. 모험을 하다

그 일이 있은 후 하루는 피츠워렌의 배가 해외로 출항할 준비를 하고 있었다. 배에는 먼 나라에서 팔 물건들이 실려 있었다. 피츠워렌은 하인들에게도 돈을 벌 기회를 주고 싶었다. 그는 하인들을 모두 거실로 불러 모아, 뭐든 팔고 싶은 물건이 있으면 배에 실으라고 말했다.

다른 사람들은 무언가 보낼 물건이 있었지만 딕은 가진 것이 아무것도 없었다. 그래서 혼자 부엌에 남았다. 앨리스는 딕이 오지 않은 이유를 짐작하고 아버지에게 말했다.

"불쌍한 딕에게도 기회를 줘야 해요. 적지만 제가 돈을 낼게요. 아빠가 그 아이 몫으로 맡아 두세요."

"아냐. 안 된다, 아가야! 무엇이든 자기 것을 걸고 위험을 무릅써야 한다."

피츠워렌은 큰 소리로 딕을 불렀다.

"딕! 이리 오너라. 넌 무엇을 보내겠느냐?"

딕이 방으로 들어왔다.

"저는 가진 게 아무것도 없어요. 얼마 전에 1페니를 주고 샀던 고양이를 빼고는요."

"그럼 고양이를 데려와라. 고양이를 실어 보내자꾸나. 고양이가 이익을 가져다 줄지 누가 알겠니?"

딕은 눈물이 그렁한 눈으로 고양이를 선장에게 건네주었

다. 모두들 그의 괴상한 교역물을 비웃었다. 하지만 어린 앨리스만은 그가 안쓰러웠다. 그녀는 다른 고양이를 살 수 있도록 딕에게 돈을 주었다.

그 뒤로 요리사의 괴롭힘은 더욱 심해졌다. 그녀는 딕이 고양이를 보낸 일을 가지고 놀려 댔다.

"그 고양이를 팔아도 네 녀석을 두들겨 팰 막대기 하나 살 수 없을 거다!"

딕은 그녀의 학대를 더 이상 참을 수가 없어 결국 고향의 작은 시골 마을로 돌아가기로 마음먹었다.

만성절 이른 아침 서둘러 길을 나선 그는 어느덧 할로웨이까지 왔다. 그리고 잠시 쉬기 위해 돌 위에 앉았다. 오늘날 '휘팅턴의 돌'이라는 이름으로 불리고 있는 바로 그 돌이었다.

착잡한 심정으로 앉아 어느 길로 가야 할지 고민하는 동안 멀리 바우 교회에서 청아한 종소리가 들려왔다. 종소리는 마치 이렇게 말하고 있는 것 같았다.

"돌아가세요. 휘팅턴, 세 번이나 런던의 시장이 되실 분."

"그래, 그렇지!"

딕은 혼자서 되뇌었다.

"런던 시장도 되고 좋은 마차를 타려면 무슨 일이든 참고 견뎌야지! 돌아가야겠어. 때리든 욕하든 요리사 할멈 하고 싶은 대로 해 보라지."

딕은 집으로 돌아갔다. 다행히 요리사가 오기 전에 주방에 들어가 일을 시작할 수 있었다.

IV. 고양이를 팔다

피츠워렌의 배는 긴 항해 끝에 마침내 바다 건너에 있는 어떤 나라에 도착했다. 그곳 사람들은 백인을 처음 보기도 했지만 배에 실린 훌륭한 물건을 사려고 구름같이 몰려들었다. 선장은 그 나라의 왕과 교역하기 위해 궁리하던 중이었다. 그때 마침 궁궐로 들어와 왕을 알현하라는 전갈이 왔다.

선장은 궁궐을 찾아갔다. 방은 호화롭기 그지없었다. 그는 곧 금과 은으로 화려하게 수놓은 카펫에 놓인 의자로 안내되었다. 왕과 왕비가 그리 멀지 않은 곳에 앉아 있었다. 곧 만찬을 위해 수많은 음식들이 즐비하게 차려졌다.

하지만 그들이 미처 음식을 들기도 전에 온갖 쥐들이 몰려와 사람들이 제지하기도 전에 고기들을 모조리 먹어 치웠다. 선장은 이런 광경을 보고 놀라, 그렇게 많은 쥐들이 들끓으면 매우 불쾌하지 않느냐고 물었다.

"물론 그렇죠!"

누군가가 대답했다.

"불쾌하기 짝이 없죠. 왕께선 쥐를 없애 주면 보물의 반을 내놓겠다고 하셨습니다."

　선장은 기뻐서 펄쩍 뛰었다. 휘팅턴의 고양이가 생각났던
것이다. 그는 왕에게 골칫거리를 막을 작은 동물이 그의 배에
타고 있다고 아뢰었다. 이번엔 왕이 기뻐서 펄쩍 뛰었다. 실
제로 얼마나 높이 뛰었던지, 그의 노란 터번이 머리에서 떨어
졌을 정도였다.

　왕이 말했다.

　"그 동물을 데려오라. 그대 말대로 쥐를 없애 줄 수 있다면
난 그대의 배를 금으로 채워 주겠다."

　그는 고양이를 데리러 배로 돌아갔다. 그리고 왕과 왕비는
서둘러서 다시 만찬을 준비했다.

　선장이 고양이를 품에 안고 궁에 도착했다. 때마침 식탁 위

는 쥐들로 가득 차 있었다. 고양이는 뛰어내리며 쥐를 덮쳤다. 많은 쥐가 순식간에 바닥에 널브러졌고 혼비백산하여 구멍을 찾아 달아났다. 그리고 다시 나올 엄두도 내지 못했다.

왕은 평생 그렇게 기쁜 광경을 본 적이 없었다. 왕비는 그기적 같은 동물을 보고 싶다고 했다. 선장이 고양이를 불렀다. "푸시(pussy, 고양이), 푸시, 푸시."

그러자 고양이가 다가와 선장의 다리에 몸을 비벼 댔다. 그가 고양이를 집어 왕비에게 주었으나 왕비는 무서워서 만지지 못했다. 선장이 고양이를 쓰다듬으며 "푸시, 푸시, 푸시!"하고 어르는 걸 보고서야 왕비도 조심스레 고양이를 만졌다. 하지만 왕비는 영어를 몰랐기 때문에 "푸티, 푸티, 푸티!" 하고 말했다. 선장이 왕비의 무릎 위에 고양이를 내려놓자 고양이는 연신 야옹대다가 그대로 잠이 들었다.

왕은 즉시 배에 실린 화물을 통째로 사겠다고 했다. 그리고 고양이 값으로 나머지 화물 전체의 열 배에 달하는 돈을 내놓았다.

선장은 대단히 기뻤다. 그는 왕과 왕비에게 작별을 고하고, 바로 다음날 영국을 향해 출발했다.

V. 큰 재산이 생기다

어느 날 아침 피츠워렌은 사무실 책상에 앉아 있었다. 그때 누군가 살며시 사무실 문을 두드렸다.

"누구요?"

"좋은 소식을 갖고 왔습니다. 당신의 배 유니콘 호에 관한 소식입니다."

피츠워렌은 벌떡 일어나 문을 열었다. 문 밖에는 선장이 한 손에 뱃짐 증권을 들고 다른 한 손에는 보석 상자를 들고 서 있었다. 그는 기쁨에 차 잠시 하늘을 보며 선장의 귀환에 감사했다.

선장은 곧이어 고양이 이야기를 했다. 그리고 왕과 왕비가 고양이 값으로 딕에게 준 풍성한 선물들을 보여 주었다. 훌륭한 신사였던 피츠워렌은 얘기를 듣자마자 하인들에게 소리쳤다.

"가서 그분을 모셔 와라. 그분도 이젠 유명인사가 되었다고 말씀드려라. 부탁하건대 이젠 그분을 휘팅턴 씨라고 불러라."

곁에 있던 사람들 중에는 그런 막대한 재산을 겨우 꼬마에 불과한 딕에게 주어선 안 된다고 말하는 사람들도 있었다. 그러나 피츠워렌은 불쾌한 기색을 내비쳤다.

"이건 그의 것이다. 난 단 한 푼도 받지 않겠다."

전갈을 받았을 때 딕은 설거지를 하던 중이었다.

"몸도 지저분하고……. 게다가 전 신발도 너무 촌스러워서요."

그러나 빨리 오라는 말뿐이었다.

피츠워렌은 하인들에게 명하여 딕에게 의자를 내주라고 했다. 하지만 딕은 사람들이 자기를 놀리는 것이라고 생각했다.

"저 같은 가련한 아이를 놀리지 말아 주세요. 일하러 가야 해요."

"휘팅턴 씨."

피츠워렌이 입을 열었다.

"절대로 농담이 아닐세. 선장이 그대의 고양이를 팔았네. 그 대가로 내가 가진 재산보다도 더 많은 돈을 가져왔다네."

그런 다음 보석함을 열어 딕에게 보물을 보여 주었다.

딕은 어찌할 바를 몰랐다. 그는 그 보물의 일부는 주인의 몫이라고 말했다. 하지만 피츠워렌은 완고했다.

"아닐세, 이건 모두가 자네 것일세. 자네는 이걸 잘 사용할 수 있을 거야."

딕은 주인마님과 어린 앨리스에게 약간의 보석을 선물했다. 두 사람은 딕에게 감사를 표하며 행운을 축하했다. 하지만 그들도 재산은 모두 딕의 것이라고 말했다.

딕은 마음씨가 너무 착해서 혼자 모든 것을 독차지하지 못했다. 그는 선장과 선원, 피츠워렌 집안의 하인들에게 좋은 선물을 주었다. 심지어 그 못된 요리사도 예외가 아니었다.

그 뒤로 휘팅턴은 얼굴도 씻고 머리를 말아 올리고 멋진 정장을 차려입고 다녔다. 그리하여 그는 런던 거리의 어떤 젊은이 못지않은 멋진 청년이 되었다.

그리고 얼마쯤 시간이 지나 런던의 가장 아름다운 교회에서 훌륭한 결혼식이 열렸다. 리처드 휘팅턴의 아내는 바로 앨리스였다. 그 자리에는 시장과 법관, 주 장관과 많은 거상들이 참석하여 그들을 축복해 주었다.

리처드 휘팅턴은 거상이 되었고 런던 최고의 명사 가운데 한 사람이 되었다. 또 런던의 행정관을 지냈으며 세 번이나 시장이 되었다. 그리고 헨리 5세로부터 작위를 수여받았다.

그는 런던의 유명한 뉴게이트 감옥을 건립했다. 감옥 정문의 아치 위에는 돌로 만든 리처드 휘팅턴 경과 고양이의 조각상이 있다. 그리고 그 뒤로 3백여 년 동안 런던을 찾은 모든 이들은 그 조각상을 볼 수 있었다.

47

카사비앙카
Casabianca

큰 해전이 벌어졌다. 들리는 것이라고는 포효하는 포성이 전부였다. 하늘은 검은 연기로 가득 찼고 포탄에 맞아 부서진 돛대와 목재가 사방에 널려 있었다. 많은 사람이 죽거나 부상을 당했다.

기함에 불이 붙었다. 불길이 솟아올라 생존자들은 서둘러 보트를 내려 그 자리를 피했다. 어디든 화염에 싸인 배보다는 안전했다.

하지만 선장의 젊은 아들, 카사비앙카Casabianca는 아직 갑판 위에 서 있었다. 갑판은 온통 불바다였다. 하지만 그는 꼼짝도 하지 않았다. 자리를 지키라는 아버지의 명령을 받았고,

그는 무슨 말이든 복종해야 한다고 배웠기 때문이다. 그는 아버지의 말을 믿었고 때가 되면 자리를 피하라고 명령할 것이라 생각했다.

그는 사람들이 보트로 뛰어내리는 것을 보았다. 오라고 부르는 소리도 들었다. 그렇지만 그는 고개를 저었다.

"아버지가 명령하시면 가겠습니다."

이제 불길은 돛대를 타고 올랐다. 돛은 완전히 불길에 휩싸였다. 뜨거운 불길이 양 볼을 그을렸고 머리카락을 태웠다. 사방이 온통 불이었다.

"아버지! 이제 가도 됩니까? 사람들이 모두 배를 떠났습니다. 우리도 떠날 때가 된 것이 아닙니까?"

그는 아버지가 지금 아래층의 선실에 누워 있고, 이미 전투가 시작될 무렵 대포에 맞아 죽었다는 사실을 알지 못했다. 그는 아버지의 대답을 들으려고 귀를 기울였다.

"더 크게 말씀해 주세요. 무슨 얘긴지 안 들립니다."

그는 포효하는 불길, 무너지는 돛대의 굉음과 포성 너머로 희미한 목소리를 들은 것 같았다.

"저 여기 있어요, 아버지! 다시 한 번 말씀해 주세요!"

거대한 섬광이 대기를 메웠다. 그리고 연기구름이 빠른 속도로 하늘을 향해 치솟았다.

"꽝!"

카사비앙카

엄청난 굉음! 천둥보다, 모든 포성을 합친 것보다 훨씬 큰 폭음이었다. 대기가 진동하고 바다가 떨었다. 하늘은 캄캄해졌다.

화염에 휩싸였던 배는 이젠 더 이상 보이지 않았다.

소년은 불타는 갑판 위에 서 있는데,
그를 두고 모두들 도망쳤네.
불길은 전투의 잔해로 불을 밝혀
사자들 너머로 그의 모습을 비추었네.

여전히 그는 아름답고 총명하네,
타고난 폭풍의 지배자처럼.
영웅적인 피의 산물,
나이 어린 자부심이여.

히먼스

48

안토니오 카노바
Antonio Canova

오래 전 이탈리아에 안토니오 카노바^{Antonio Canova}라는 소년이 살고 있었다. 그는 일찍 부모님을 여의고 할아버지와 함께 살았다. 할아버지는 석수장이였고 매우 가난했다.

안토니오는 어려서부터 또래 아이들과 노는 것보다 할아버지를 따라 채석장에 가는 것을 좋아했다. 할아버지가 큰 석재를 깎고 다듬느라 분주한 동안, 아이는 깨진 돌조각들 사이에서 놀곤 했다. 어떤 때는 부드러운 진흙으로 작은 조각상을 만들기도 하고 또 어떤 때는 망치와 끌로 조각을 하기도 했다.

할아버지는 그의 탁월한 손재주를 알아보고는 무척 좋아했다.

"저 아인 언젠가 훌륭한 조각가가 될 거야."

그리고 저녁에 집에 돌아오면 할머니는 "오늘은 우리 어린 조각가께서 뭘 조각하셨나?" 하고 묻곤 했다.

할머니는 안토니오를 무릎 위에 앉히고 노래를 들려주거나 멋지고 아름다운 그림에 관한 이야기를 해 주곤 했다. 그래서 안토니오는 다음날 채석장에 가면 그런 그림들을 실제로 만들어 보곤 했다.

같은 마을에는 한 부유한 백작이 살았다. 백작은 자주 대규모 만찬을 열어 친구들을 초대했다. 그때마다 훌륭한 요리 솜씨를 가진 안토니오의 할아버지는 주방 일을 돕기 위해 백작의 집에 불려갔다.

어느 날 우연히 안토니오는 할아버지를 따라 백작의 저택에 갔다. 몇몇 도회 사람들이 찾아올 예정이라 성대한 연회가 준비되고 있었다. 안토니오는 일을 돕기엔 어렸지만 설거지 정도는 할 줄 알았고 또 영리하고 동작이 빨라 여러 모로 쓸모가 많았다.

만찬을 위해 상을 차리기 전까지는 모든 일이 순조롭게 진행되었다. 그런데 갑자기 뭔가 깨지는 소리가 났다. 곧이어 한 남자가 깨진 대리석 파편을 들고 주방으로 뛰어들어 왔다. 그는 창백한 얼굴로 두려움에 떨고 있었다.

"어떡하지? 어떡하지? 식탁 한가운데 세울 조각을 깨뜨렸으니 어떡한다? 조각상도 없이 멋진 식탁을 꾸밀 수는 없을 거야. 백작께서 뭐라고 말씀하실까?"

이제는 하인들 전체의 걱정거리가 되었다. 만찬은 결국 실패하고 마는 걸까? 만찬의 성패는 식탁을 얼마나 멋지게 꾸미느냐에 달려 있었기 때문이다. 백작은 크게 노할 것이다.

"아, 이제 어떡하지?"

그들은 서로 묻기만 할 뿐이었다.

그때 어린 안토니오 카노바가 설거지거리를 내려놓고 조각을 깨뜨린 남자에게 다가갔다.

"다른 조각상이 있으면 식탁을 꾸밀 수 있겠죠?"

"그렇단다. 조각의 크기나 높이가 적당하다면 말이다."

"제가 만들어 드릴까요? 제가 똑같이 만들 수 있을 것 같아요."

"장난하지 마라! 한 시간 만에 조각상을 만들겠다니 대체 네가 누구냐."

"안토니오 카노바예요."

"할 수 있다는데 맡겨 보게."

소년을 아는 하인들이 말했다.

마침 조리대 위에 크고 노란 버터덩이가 놓여 있었다. 이것은 무게가 90킬로그램이 넘었고 산에 있는 목장에서 방금 가져온 것이라 신선하고 깨끗했다. 안토니오는 주방용 칼을 손

에 들고 버터를 자르고 다듬었다. 몇 분이 안 되어 웅크린 사자의 모습이 빚어졌다. 그러자 모든 하인들이 구경하려고 몰려들었다.

"정말 아름답군! 원래 있던 것보다 훨씬 더 아름다워."

조각이 끝나자 남자는 그것을 자리에 갖다 놓았다.

"식탁이 계획했던 것보다 두 배는 더 멋있어질 거야."

만찬장에 들어선 백작과 손님들의 시선을 가장 먼저 끈 것은 바로 노란 사자였다.

"이 얼마나 멋진 작품인가!"

손님들이 입을 모았다.

"위대한 조각가가 아니고서야 어떻게 이런 형상을 빚어낼 수 있을까! 더구나 버터를 소재로 선택하다니 얼마나 독특한가 말이야!"

그들은 백작에게 조각가의 이름을 물었다.

"솔직히 말하면 나도 자네들만큼이나 어리둥절해 하고 있네."

그는 집사에게 어디서 그런 먼지 조각상은 구했는지 물었다.

"한 시간 전쯤 주방에 있는 꼬마가 조각한 것입니다."

백작의 친구들은 놀라지 않을 수 없었다. 백작은 집사에게 아이를 데려오게 했다.

"얘야! 네가 위대한 거장들도 부러워할 만한 작품을 만들었니? 이름이 뭐니? 네 선생은 누구냐?"

"전 안토니오 카노바입니다. 그리고 석공이신 할아버지 말고는 선생님이 없답니다."

손님들은 모두 안토니오 곁으로 몰려들었다. 그 중에는 유명한 예술가도 있어 곧 소년의 천재성을 알아보았다. 자리를 잡고 앉은 후에도 그들의 관심은 온통 안토니오에게 쏠려 있었다. 결국 만찬은 소년을 칭찬하는 잔치가 되었다.

다음날 백작은 안토니오에게 사람을 보내 자기 집에 와서 함께 살자고 했다. 그리고 소년에게 조각을 가르치기 위해 그 나라 최고의 예술가들을 고용했다. 그는 이제 버터 대신 대리석을 조각할 수 있게 되었다.

몇 해가 지나 안토니오 카노바는 세계 최고의 조각가 중의 한 사람으로 알려지게 되었다.

| 안토니오 카노바 |

안토니오 카노바는 신고전주의(18세기 말 프랑스 혁명을 전후로 등장하여 그리스 로마의 고전을 모형으로 내용보다는 형식을, 감성보다는 이성을 중시하는 사조로서, 객관적이고 정확한 묘사 방식으로 표현하는 사조를 말한다.)를 대표하는 조각가로 일찍부터 그 재능을 인정받아 베네치아 조각가인 토레티의 공방에 입문하면서 고대 조각에 관심을 가졌다.

1779년 22세의 카노바가 로마로 갔을 때는 바로크와 로코코에 대한 반발로 고전주의가 생겨나면서 폼페이와 엘코라노의 고대 유적 발굴에 붐이 일기 시작했다. 그렇게 로마는 신고전주의 운동의 세계적 중심지가 되었고 그런 환경 속에서 카노바는 고대 조각에 심취할 수 있었다.

그의 작품으로는 〈테세우스와 미노타우로스〉 〈교황 클레멘스 14세의 묘비 (산티아포스토리 성당, 1787)〉, 〈클레멘스 13세의 묘비(1792, 산피에트로 대성당)〉 등이 있으며, 루브르에 있는 〈아모르와 프시케〉, 바티칸 미술관에 있는 〈페르세우스〉, 〈두 명의 권투자(拳鬪者)〉 등이 있다.

1802년에는 나폴레옹의 초청을 받아 파리에 가기도 했다. 명사나 귀족의 묘비와 초상을 비롯하여 나폴레옹의 거대한 나상(裸像, 1810, 밀라노 브레라 미술관)과 나폴레옹의 여동생 폴린이 긴 의자에 기댄 반나상(로마 보르게 미술관)을 고대 양식으로 제작하였다.

49

피치올라
Picciola

오래 전에 샤르니라는 불행한 사람이 프랑스에서 가장 큰 감옥에 갇히게 되었다. 부당하게 투옥된 그는 이 세상 누구도 자신을 염려해 주는 것 같지 않았다.

감옥 안에는 책이 없어 독서를 할 수도 없었다. 펜이나 종이도 허락되지 않아 편지를 쓸 수도 없었다. 시간은 더디게만 흘렀다. 지루함을 달래기 위해 할 수 있는 일은 아무것도 없었다. 유일한 소일거리라고는 포장된 교도소 마당을 왔다 갔다 하는 것뿐이었다. 할 일도 없었고 얘기를 나눌 사람도 없었기 때문이다.

어느 화창한 봄날 아침, 샤르니는 마당을 산책하고 있었다.

수천 번씩 반복했던 일이지만 그는 또다시 마당을 덮고 있는 포장용 돌의 숫자를 헤아렸다. 그러다 갑자기 그는 걸음을 멈추었다. 무엇이 이런 돌 틈새에 작은 흙무지를 만들었을까?

허리를 굽혀 살펴보았다. 틈새에 씨앗이 떨어져 있었다. 씨앗은 벌써 싹을 틔워서 작고 파란 떡잎 하나가 지표를 뚫고 솟아오르고 있었다. 발로 싹을 짓뭉개려던 순간 샤르니는 연한 막 같은 것이 잎을 감싸고 있는 것을 발견했다.

"아! 불쌍하게, 이런 여린 막으로 제 몸을 지키려 하는구나. 해치지 말자."

다음날 그는 미처 생각지 못하고 싹을 밟을 뻔했다. 그는 싹을 살피려고 허리를 구부렸다. 이젠 벌써 잎이 두 개나 나 있었고 어제보다 훨씬 튼튼하고 푸르렀다. 그는 오랫동안 곁에 서서 새싹을 샅샅이 관찰했다.

그 후로 샤르니는 아침이면 곧장 새싹을 살피러 나갔다. 추위에 얼지는 않았는지, 햇볕에 시들지는 않았는지 궁금했던 것이다. 또 얼마나 자랐는지도 보고 싶었다.

어느 날 그는 창밖을 내다보았다. 간수가 마당을 청소하고 있었다. 그는 어린 싹은 안중에도 없이 싹의 근처까지 무지막지하게 비질을 했다. 일부러 싹을 뭉개려는 듯이 보였다. 샤르니는 머리끝에서 발끝까지 온몸이 떨려 왔다.

"오, 나의 피치올라여!"

긴수기 식사를 가져왔다. 샤드니는 림상궂은 산수에 어
린 싹을 살려 달라고 애원했다. 다행히 간수는 따뜻한 마음을
가진 사람이었다.

"내가 어린 싹을 죽이려 한다고? 천만에! 자네가 그토록 소
중히 여긴다는 걸 몰랐으면 모르지만 난 그런 사람이 아닐
세."

"정말 감사합니다."

그는 그동안 간수를 불친절한 사람이라 생각했던 것이 부
끄러웠다. 그는 새싹에 '피치올라'라는 이름을 붙이고 매일같
이 보살폈다. 싹은 하루가 다르게 자라고 더 아름다워졌다.

그러다 한번은 간수가 키우는 개의 큰 발에 밟혀 부러질 뻔
한 적이 있었다. 샤르니는 가슴이 무너져 내리는 듯했다.

"피치올라에게 집을 만들어 줘야겠어. 방법을 찾아봐야지."

밤은 아직 서늘했지만 그는 배급받은 땔감을 매일매일 조
금씩 떼어 내 피치올라를 보호할 작은 집을 지었다.

그는 꽃의 수천 가지 재미있는 습성을 발견했다. 꽃은 늘
조금씩 해를 향해 기울었다. 또 폭풍이 오기 전에는 항상 꽃
잎을 오므렸다. 온갖 꽃이 만발한 정원을 보았지만 그는 한
번도 이런 현상에 대해 생각해 본 적이 없었다.

그는 피치올라의 생장을 기록해 둬야겠다고 생각하고는
검댕과 물로 잉크를 만들었다. 그리고 손수건을 펼쳐 종이로

썼다. 뾰족하게 깎은 막대기는 펜 대신이었다. 그는 하루 종일 식물과 함께 보냈다.

"신혼부부가 따로 없군!"

간수는 그를 그렇게 놀리곤 했다.

여름이 지나면서 피치올라는 나날이 사랑스럽게 자라났다. 줄기에는 30송이가 넘는 꽃이 피었다.

그러나 어느 아침 슬프게도 꽃은 시들기 시작했다. 샤르니는 어찌할 바를 몰랐다. 물을 주어도 여전히 잎은 메말라 갔다. 바로 마당의 돌 때문에 살 수 없었던 것이다.

샤르니는 보물을 살려 낼 방법은 단 하나뿐이라는 것을 알고 있었다. 하지만 어떻게 그런 걸 바랄 수 있겠는가? 마당의 돌들을 당장 치워야 하는데 그것은 간수도 함부로 할 수 없는 일이었다. 그런 일은 오직 나라의 높은 사람들만이 할 수 있는 일이었다.

가엾은 샤르니는 잠을 이룰 수 없었다. 피치올라는 죽게 될 것이다. 벌써 꽃은 시들었고 곧 잎도 줄기에서 떨어질 것이다.

문득 좋은 방법이 떠올랐다. 그것은 바로 황제 나폴레옹에게 꽃을 구해 달라고 청원하는 것이었다. 하지만 그로서는 쉽지 않은 일이었다. 자기가 미워하는 사람, 바로 자신을 감옥에 가두었던 사람에게 호의를 구해야 하기 때문이다. 그러나 피치올라를 위해 샤르니는 기꺼이 그렇게 할 참이었다.

그는 손수건에 자초지종을 적어 한 소녀에게 맡겼다. 소녀는 나폴레옹에게 꼭 전해 주겠다고 약속했다. 아! 저 가엾은 꽃이 며칠만 더 견뎌 줄 수 있다면! 어린 소녀에게 얼마나 먼 여정이었나! 샤르니와 피치올라에게는 또 얼마나 길고 지루한 기다림이었나!

마침내 답이 왔고 돌을 치우게 되었다. 피치올라가 살아난 것이다. 그리고 마음씨 착한 왕비가 꽃을 돌보는 샤르니의 얘기를 듣게 되어 마침내 그는 석방되었다.

물론 그는 더 이상 슬프고 버림받은 기분도 들지 않았다. 신이 자신과 그 여린 꽃을 어떻게 보살폈는지, 사람들이 마음속에 어떤 친절과 진실을 담고 있는지 깨달았기 때문이다. 그리고 그는 피치올라를 절대로 잊을 수 없는 사랑스럽고 귀한 친구로 소중히 간직했다.

50

미뇽
Mignon

　빌헬름이라는 청년이 도시의 한 여관에 묵고 있었다. 하루는 이층으로 올라가다가 계단을 내려오는 작은 소녀를 만났다. 머리를 휘감은 길고 검은 곱슬머리가 아니었다면 아마 그는 그 소녀를 사내아이라고 생각했을 것이다.

　소녀가 곁을 스치며 뛰어가자 빌헬름은 소녀의 두 팔을 붙잡고 그녀의 주인이 누군지 물어보았다. 그는 그녀가 틀림없이 여관에 투숙한 곡예사들 중 한 사람일 거라고 생각했다. 하지만 소녀는 어둡고 예리한 눈으로 쳐다보더니 대답도 없이 달아났다.

　다음에 소녀를 봤을 때 빌헬름은 다시 말을 걸었다.

"무서워하지 말거라, 꼬마야. 이름이 뭐지?"

"저 사람들이 날 미뇽이라고 불러요."

"나이는 몇 살이지?"

"아무도 내 나이를 몰라요."

빌헬름은 가던 길을 재촉했다. 하지만 아이에 대한 궁금증과 까만 눈, 낯선 태도가 계속 머리를 떠나지 않았다.

그 일이 있은 지 얼마 되지 않아 줄타기 곡예를 구경하던 군중들 사이에서 커다란 비명이 들려왔다. 빌헬름은 무슨 일인지 알아보려고 아래층으로 내려갔다. 곡예사 주인이 몽둥이로 어린 미뇽을 매질하고 있었다. 그는 달려가 그 남자의 멱살을 잡았다.

"그 아일 놔줘라! 한 번만 더 아이에게 손을 대면 우리 둘 중 하나는 여기서 죽어야 할 거다!"

남자는 빠져나가려 했지만 빌헬름이 단단히 멱살을 붙잡았다. 그 사이 아이는 그 자리를 기어나가 군중들 속으로 몸을 숨겼다.

마침내 곡예사가 소리쳤다.

"그 애의 몸값을 지불하시면 아이를 넘겨 드리겠습니다!"

상황이 진정되자 빌헬름은 곧 미뇽을 찾으러 갔다. 미뇽은 이제 그의 것이었기 때문이다. 하지만 찾을 수 없었다. 결국 곡예사들이 마을을 떠나고 나서야 소녀가 그를 찾아왔다.

"어디에 있었니?"

빌헬름이 상냥한 목소리로 물었다. 하지만 아이는 아무 대답도 없었다.

"이제부턴 나와 함께 살자꾸나. 착한 아이가 되어야 한다."

"그럴게요."

그때부터 소녀는 빌헬름과 관계된 일이라면 무엇이든 최선을 다했다. 소녀는 자기 이외에는 아무도 빌헬름의 시중을 들지 못하게 했다.

한편 소녀는 곡예사들이 볼에 칠해 놓았던 붉은 물감을 지우려고 애썼다. 옅은 담색의 물감을 씻어 내려다가 실제로 살갗이 벗겨질 뻔하기도 했다.

미뇽은 날이 갈수록 더 아름다워졌다. 그녀는 층계를 걸어서 오르내리는 법 없이 항상 뛰어 다녔다. 또 난간을 잡고 뛰어내리다가도 누가 볼 새라 어느덧 층계참에 얌전히 앉아 있곤 했다.

소녀는 빌헬름과 말할 때는 두 팔을 가슴에 포개 극도의 경의를 표했다. 가끔씩 하루 종일 한 마디도 하지 않을 때가 있었지만 결코 빌헬름의 시중을 싫증내지 않았다.

어느 날 밤, 빌헬름은 무척 지치고 상심한 채로 집에 돌아왔다. 미뇽이 그를 이층으로 인도했다. 그러고는 등잔을 책상 위에 내려놓고 춤을 추도록 허락해 달라고 했다.

"춤을 보면 조금이라도 마음이 가벼워지실 거예요."

빌헬름은 좋을 대로 하게 했다.

그녀는 작은 카펫을 가져와 마루에 펼쳤다. 카펫 네 귀퉁이에 촛불을 하나씩 놓고 카펫에 많은 달걀을 내려놓았다. 그녀는 달걀을 일정한 모양으로 배치했다. 이렇게 무대 준비가 끝나자 바이올린을 들고 대기하던 남자를 불렀다. 소녀는 띠를 묶어 두 눈을 가리고 춤을 추기 시작했다.

얼마나 가볍고 빠르며, 민첩하고 경이로운 움직임이었던 지! 그녀는 빠른 속도로 달걀 사이를 누비며 스텝을 밟았다. 달걀이 모조리 깨질 것 같았다. 하지만 그녀는 달걀을 하나도 건드리지 않았다. 온갖 스텝을 동원해 달걀 사이를 빠져나갔 지만 그 중 단 한 개도 움직이지 않았다.

빌헬름은 모든 근심을 잊어버렸다. 그는 아이의 동작을 하 나도 놓치지 않고 지켜보았다. 그는 자기가 누구이고 그곳이 어디인지조차 잊어버릴 지경이었다.

춤이 끝나자 미뇽은 발로 계란들을 굴려 모아 작은 무더기 를 만들었다. 단 한 개도 남거나 깨지지 않았다. 그녀는 눈을 가렸던 띠를 풀고 가볍게 고개를 숙여 인사했다.

빌헬름은 그토록 멋지고 아름다운 춤을 보여 준 소녀에게 감사를 표했다. 그러고는 아이를 칭찬하고 다독거리며 너무 무리하지 말라고 일렀다.

아이가 방을 나가자 바이올린 연주자는 그녀가 자신에게 그 곡을 가르치느라 무척 애를 썼다고 말했다. 수없이 그 곡을 되풀이하여 불러 주었다는 것이다. 게다가 자기 춤에 연주를 해 주는 대가로 돈을 주려고 했다는 말도 빠뜨리지 않았다.

미뇽이 빌헬름을 즐겁게 하고 걱정을 잊게 만드는 방법은 또 한 가지가 있었는데 바로 노래를 불러 주는 것이었다.

그가 가장 좋아했던 노래는 그가 전에 한 번도 들어 본 적 없는 가사의 노래였다. 멜로디 또한 낯설었지만 그 노래를 들으면 무척 즐거워졌다. 그는 아이에게 몇 번이나 되풀이하여 가사를 알려 달라고 부탁했다. 그러나 달콤한 곡조는 가사보다 더 흥겨웠다. 그 노래는 이렇게 시작된다.

그대는 아시나요. 레몬 과일 자라고
푸른 잎 아래로 오렌지가 빛나는 곳.

한 번은 노래가 끝나자 아이가 물었다.
"주인님은 그런 나라를 아세요?"
"이탈리아일 거야. 가 본 적 있니?"
아이는 대답하지 않았다.

| 미뇽 |

프랑스 작곡가 C. 토마의 오페라로 알려진 〈미뇽〉은 전체 3막으로 이루어져 있으며, 1886년 파리에서 초연되었다. 괴테의 유명한 교양소설 『빌헬름 마이스터의 수업시대』(1796)를 바탕으로 J. 바르비에와 M. 카레가 대본을 만들었다. 부유한 빌헬름이 여행 중 어느 소도시에서 머물며 잠시 쉬고 있을 때, 한 떠돌이 흥행 곡예단의 단장으로부터 심하게 매를 맞고 있는 미뇽을 우연히 보게 된다. 그는 미뇽을 구해 주고 자기 곁에 머물 수 있도록 허락한다. 어린 나이에 이탈리아에서 유괴를 당해 곡마단의 일원으로 끌려 다니며 갖은 고초를 다 겪던 미뇽은 자신을 구해 준 빌헬름에게 깊은 고마움과 함께 애타는 사모의 정을 느끼게 된다. 본문 마지막에서 미뇽이 부르는 노래는 제1막에 나오는 아리아로 매우 유명하다.

그대는 아는가, 저 남쪽 나라를

당신은 아시나요, 저 레몬꽃 피는 나라

그늘진 잎 속에선 금빛 오렌지가 빛나고

푸른 하늘에선 부드러운 바람이 불어오고

감람나무는 고요히, 월계수는 드높이 서 있는

그 나라를 아시나요?

그곳으로! 그곳으로

가고 싶어요. 당신과 함께. 오, 내 사랑이여!

당신은 아시나요, 그 집을.

둥근 기둥들이 지붕을 떠받치고 있고,

홀과 방은 찬란하게 빛나고,

대리석 입상(立像)들이 날 바라보고서

"가엾은 아이야, 무슨 몹쓸 일을 당했느냐?"고 물어 주는 곳,

그곳으로 ! 그곳으로

가고 싶어요, 당신과 함께, 오 내 보호자여!

당신은 아시나요, 그 산, 그 구름다리를

노새가 안개 속에서 제 갈 길을 찾고

동굴 속에는 해묵은 용들이 살고 있으며

무너져 내리는 바위 위로

다시 폭포수가 쏟아지는 곳,

그곳으로 ! 그곳으로

우리의 갈 길이 뻗어 있어요. 오, 아버지, 우리 그리로 가요!

여기서 '레몬꽃 피는 나라'는 이탈리아를 가리키며 마지막 연의 '우리의 갈 길'은 미뇽이 걸어온, 그리고 빌헬름과 함께 되돌아가고 싶은 알프스의 험한 길을 가리킨다. 그리고 각 연의 마지막 행에서 애타게 부르고 있는 '내 사랑', '내 보호자', '아버지' 등은 모두 빌헬름을 지칭하는 말로 빌헬름에 대한 미뇽의 복합적인 심리를 잘 나타내 주고 있다. 미뇽에게 있어 빌헬름은 그녀 인생의 전부를 의미한다. 표면적으로 이 시는 빌헬름에 대한 미뇽의 사랑을 노래하고 있지만 시인 괴테를 중심에 두고 본다면 북국 사람인 괴테의 남국에 대한 동경을 그리고 있다고 할 수 있다.

지나친 혹은 잃어버린 기억 속으로

수백 년, 수천 년을 전해 내려오면서 더욱 빛을 발하는 이야기들이 있다. 이런 이야기들은 현대인들에게 여전히 교훈이 되고 감동을 주며 지혜로워지는 방법을 가르쳐 준다.

사소한 일상에서 얻은 발견이 행운이 되고 기회가 되어 한 사람의 인생을 바꾸어 놓는다. 가끔은 나라의 운명까지도 바꾸곤 한다. 진실함을 가진 사람에게는 행복이 오게 마련이다.

『다시 읽는 50가지 유명한 이야기』는 잔잔하면서도 벅찬 감동과 평범하지만 예사롭지 않은 재미를 주는 역사적인 이야기, 혹은 일반 대중들 사이에 전해 내려오는 이야기를 다루었다. 주인공으로 등장하는 인물도 아주 다양하다. 무엇보다도 이야기 하나하나에 얽힌 비밀이나 더 깊은 내막, 그리고 알려지지 않은 비하인드 스토리까지 다룬 점이 이 책의 특징이다.

〈브루스와 거미〉에서는 당시 스코틀랜드의 최고 영웅인 윌리엄 웰레스에 관한 이야기와 '항쟁의 땅' 스털링에 관한 소개를

곁들였다. 〈포카혼타스〉의 경우는 미국의 운명이 바뀌었을 수
도 있는 극적인 내용을 좀더 자세하게, 그리고 제대로 알려지지
않은 내막까지 실었다.

또 우리가 잘 알고 있는 알프레드 대왕이나 브루스 왕, 조지
워싱턴, 나폴레옹, 율리우스 카이사르…… 그들은 그저 위대하
기만 한 인물이었을까. 그들도 인간인 이상 겪어야 했던 갈등과
인생의 대역전이 되었던 사건들이 아주 흥미롭게 펼쳐진다.

〈디 강의 방앗간 주인〉이나 〈코르넬리아〉처럼 평범한 사람들
이 일깨워 주는 참다운 행복, 괴테의 유명한 작품 『빌헬름 마이
스터의 수업시대』의 일부인 〈미뇽〉은 불행을 딛고 일어서는 주
인공의 끈기와 신비로운 재능이 감동과 희망으로 이어진다.

그 외에도 〈의사 골드스미스〉의 따뜻한 마음, 〈휘팅턴과 그의
고양이〉에서의 예기치 않은 커다란 행운, 사람이 지녀야 할 겸
손의 필요성을 이야기해 주는 〈인치케이프 암초〉와 같은 이야기

가 있다.

　50가지의 짤막한 이야기들이 남기는 날카로운 교훈, 친숙하고 정겨운 느낌은 어느 이야기 못지않은 감동을 준다. 지나쳐 버린, 혹은 묻혀 버린 기억들을 하나둘 찾아낼 때 우리는 기쁨이란 것을 얻을 수 있다. 이 책을 통해 한번쯤 들어 봤음직한 이야기들의 진실을 알아내는 즐거움과 함께 인생을 바꿀 수도 있는 지혜를 얻기 바란다.